JN193421

一日の言葉、
一生の言葉

旧暦でめぐる美しい日本語

白井明大

草思社

人間というものは、ひとりひとりが
それぞれのじぶんの時間を持っている。
そしてこの時間は、
ほんとうにじぶんのものであるあいだだけ、
生きた時間でいられるのだよ。

――ミヒャエル・エンデ『モモ』より／大島かおり訳

はじめに

時というのはふしぎで、
一年があっという間に過ぎることもあれば、
ほんの一瞬が永遠のように感じられることもある。

だからこそ昔の人は、
そのときそのときを愛おしむように、
目の前に現れるものごとに、
こまやかに名前をつけて呼んできたのかもしれない。

それはめぐる月日の中で、
人が地に足をつけて
暮らしてきたからこそのことだと思う。

「はるはあけほの」(春は曙《あけぼの》)
「二夜《ふたよ》の月」
「桃始めて笑う」
「枝を交わす」……

折々の情景や風物にまつわる
さまざまな言葉にふれると、
古来人がどのように時の流れを感じ、
どんなふうに日々を暮らしてきたかが伝わってくる。

言葉が豊かであればあるほど、
人の時間も、
また心も、
豊かに深まると信じて。

目次

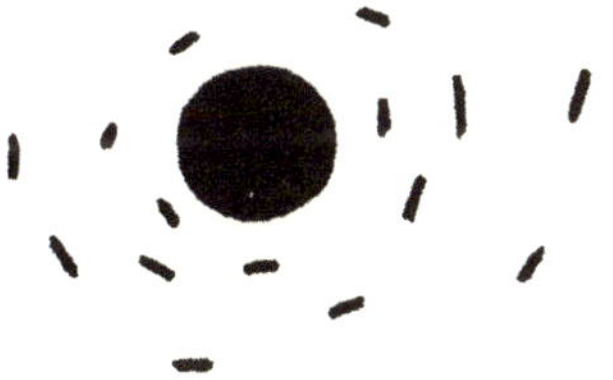

第一章 一日の言葉

いい物語は朝からはじまる、と書いた作家は誰だったろう。この本は物語ではないけれど、朝からはじめたい。ほんの一日の中にも、暮らしの営みに沿うように、さまざまな言葉が詰まっている。詩や物語、俳句や短歌、歌や格言などを引用しながら、一日という小宇宙の言葉をひもといてみよう。

朝
あした

朝なのに「あした」と読むことがある。

それって、どういうことなんだろう?

じつは昔は、一日のはじまりを「あした」といったそう。それがいつのまにか、翌朝のことも「あした」と呼ぶようになり、翌日の午前中いっぱいを指すようになり、とうとう翌日まるまる「あした」というようになったとか。

だから「あした」は、もともと朝のことだった。

朝の語源は、一日の「浅」い時間だからとか、夜が「褪《あ》せ」て明るむころとか、いわれている。そして「しだ」とは時を表す言葉だ。いまでも「帰りしな」(帰る時)といったりするけれど、この「しな」は「しだ」の名残り。「あさ」と「しだ」で「あさしだ」。それが転じて「あした」になった。そんな朝《あした》の反対は、昨日じゃなくて、夕べ。

朝顔にわれ恙《つつが》なきあした哉《かな》　　正岡子規

朝顔が咲いている。花に照らしだされるように、いまここに、こうして自分が朝を迎えていること。「恙なきあした」だなぁとつくづく一日のはじまりを感じている。感謝といっても誰にでもないのかもしれないけれど、子規の心が感謝に満ち足りているように受けとれる句だ。
同じく、朝《あした》のつつがなさを歌った詩をもうひとつ。

春の朝　　ロバアト・ブラウニング／上田敏訳

時は春、
日は朝《あした》、
朝《あした》は七時、
片岡《かたをか》に露みちて、
揚雲雀《あげひばり》なのりいで、
蝸牛枝《かたつむりえだ》に這《は》ひ、
神、そらに知ろしめす。
すべて世は事も無し。

ラスト二行が『赤毛のアン』で引用されるが、アンの人生も順風満帆ではない。不安と希望が入り混じる中、この詩の一節をそっとささやく。人生ってそういうものだと思う。問題だらけだからこそ、問題ないと口にする。悩んでいるからこそ、顔をあげて笑う。

春暁　しゅんぎょう

明るい時と書いて、明時《あかとき》。転じて、暁《あかつき》というようになった。意味は、夜明けのとき。あるいは、まだ日が昇る前の暗い間のこと。

　昔は朝と一口にいっても、夜明け前は暁、うっすら日が射してくると東雲《しののめ》、空が白んだら曙《あけぼの》、ほのぼのと明るくなれば朝ぼらけ、というふうに、こまやかに時間を区切って呼び分けていた。

　きっと電気がない時代には、太陽の明るさは暮らしにとって、いまよりずっとなくてはならない光だったんだろう。日が沈むと眠り、日が昇ると起きるのも、農村では当たり前の生活リズムだった。そんな生活感覚からすれば、太陽がもたらしてくれる一日のはじまりの時間を光のかげんによって呼び分けるのも、ごくしぜんなこと。

　その中でも暁には、まだ夜が明けやらぬころ、というニュアンスが込められる。もういいかい？まあだかな？　と朝日を待ちわびる時間。

　そして、ぽかぽかとした春の陽気のころは、ついうとうと居眠りしては「春眠、暁を覚えずだな」なんて言い訳したくなるものだけど。よく知られるこの言葉は、もともと春の朝のことを詠んだ漢詩の一節だった。

春暁　　孟浩然《もうこうねん》

春眠不覚暁　　春眠《しゅんみん》、暁を覚えず
處處聞啼鳥　　処処《しょしょ》に啼鳥《ていちょう》を聞く
夜來風雨聲　　夜来《やらい》　風雨《ふうう》の声
花落知多少　　花落つること知んぬ多少ぞ

（春の眠りは深すぎて、夜が明けたことに気づきもしない。あちこちから鳥の声がする。昨夜《ゆうべ》は雨風の音がすごかったが、花はどれだけ散っただろう）

真冬に比べて、夜明けが早くなってきた。だんだん日が伸び、暖かくなって、ぐっすり一晩じゅうよく眠れる。もう寒くて目が覚めたりなんかしないし、日の出に気づかなくても無理はない。と、そんなニュアンスに受けとれる。

ちなみに暁起《あかつきお》きという言葉もあって、夜明け前に起きること。のんびり朝寝坊するのは、晏起《あんき》。

一番鶏《いちばんどり》

日の出前に、最初に鳴くニワトリが、一番鶏。夜明けが近いことを告げる声。続いて夜明けに二番鶏が鳴いて、だんだん空が白んで朝がやってくる。

怒気の早さで飯食う一番雞の土間　金子兜太《とうた》

たいていの朝は急いで食事を済ませて、出かけなくちゃいけない。ましてや夜明け前に食べるほどなら、なおさら大急ぎ。「怒気の早さで」飯をかっこむ切迫感が伝わってくる。

暁闇《あかときやみ》

夜明けに差しかかる間際の暗さのことを、暁闇という。読みは「あかつきやみ」、「ぎょうあん」とも。月は沈み、太陽はまだ昇らない。とても暗い。じきに夜が明けるころ。

年に数回あるかないかだけれど、日の出前に出かけることがある。辺りは真っ暗なのに、豆腐屋の明かりが点いていて、にがりの匂いがしたり、新聞配達の自転車が勢いよく走っていったり、一日の仕事をとっくにはじめている人を見かけると、こんなに朝早くから働いてるの？　とびっくりする。そして、まだ暗いけれど、もう朝なんだと実感する。

「夜明け前がいちばん暗い」

というのは、この暁闇のことじゃないだろうか。人生のきついときに、この言葉をつぶやき、なにくそとふんばる。いまは夜明け前なんだ。自分には、すぐそこに朝が待っているんだ、と言い聞かせる。暗ければ暗いほど、朝が近い。そう思えるからこそ、きつくてやりきれない状況を乗り切れる。
もちろん、トンネルをくぐり抜けても朝が来なさそうなブラックさだったら、とっとと逃げたほうがいいけれど。

外から
かすかに空の音がきこえ
夜明け前に
隣に住む男がでかける
今日も朝をむかえてしまった
海を背に
街へ歩いていく
背後は過去でなく
後ろから見つめているのは私だと
思いつき

手の感触だけがのこっている

（高木敏次「朝」より）

また一日がはじまったと、重みを感じながら起きる朝もある。夜明け前には、空の音がきこえた。何かの気配がする外があり、その外へ、街へ歩いていく。過去でなく、私に後ろから見つめられる人は、何を背負っているのだろう？　はっきりとした何が起きているわけでもないけれど、自分自身を問う心の葛藤が伝わってくる。手の感触は、人がたしかに生きて、そこにいることを告げている。

後朝の文　きぬぎぬのふみ

ともに夜を明かした恋人同士が、朝には別れなくてはならない。後朝《きぬぎぬ》の別れ、という言葉には、そんなせつなさがにじんでいる。

古い時代には、まだ掛け布団はなくて、代わりにおたがいの衣を重ねて寝ていた。もう帰らねば、と人目をしのんで起き出し、着替える際に、衣がこすれあう。衣擦《きぬず》れの音は、耳に残るもの。まだ離れたくない、次はいつ会えるの、と別れを惜しむ。

「きぬぎぬ」とは、愛しあう二人がともに過ごせる時間の終わりを告げる、衣衣《きぬぎぬ》から来た言葉だ。

逢ひ見ての後《のち》の心にくらぶれば昔はものを思はざりけり　権中納言敦忠《ごんちゅうなごんあつただ》

（あなたと逢い、ともに過ごしたあとの、このくるおしい恋心と比べたら、かつての私なんて、本当の恋をなにもわかっていなかった）

朝に別れたあと、男性から女性へ送った文《ふみ》や歌は、恋の余韻のようなものだった。後朝の文。この歌も、そんなラブレターのひとつ。文を送り届けるのは、早ければ早いほどよかった。一日《いちじつ》千秋《せんしゅう》。会えない苦しさは、離ればなれになった直後からすでに募るものだから。昔もいまも、まめさは大事。

東雲　しののめ

東の空がうっすらと明るんでくる、東雲。

「しののめ」は、篠の目。ガラスも障子もない昔には、篠竹を編んで、家の明かり取りにしていた。篠竹の網の目から、サアッと淡い光が漏れてくる。そんなようすから、篠の目といえば、薄明かりのことを指すようになった。

いまでは朝のイメージにまつわる東の雲と書いて、「しののめ」と読む。まだ暗き暁から、うっすら明るむ東雲へ。

朝の歌　　　中原中也

天井に　朱《あか》きいろいで
　戸の隙を　洩《も》れ入る光、
鄙《ひな》びたる　軍楽《ぐんがく》の憶《おも》ひ
　手にてなす　なにごともなし。

小鳥らの　うたはきこえず
　空は今日　はなだ色らし、
倦《う》んじてし　人のこころを
　諫《いさ》めする　なにものもなし。

樹脂の香に　朝は悩まし
　うしなひし　さまざまのゆめ、
森竝《もりなみ》は　風に鳴るかな

ひろごりて　たひらかの空、

土手づたひ　きえてゆくかな
うつくしき　さまざまの夢。

「戸の隙を　洩れ入る光」とは、まさに篠竹の網の目から射し込む東雲の光のよう。朝の光景をつぶさに描きつつ、夢のイメージが混ざりあっていく。

中原中也が、自分自身の詩を見つけたのは、この詩を書いたときだったそうだ。中也本人が、こんな一文を残している。「「朝の歌」にてほゞ方針立つ。方針は立ったが、たった十四行書くために、こんなに手数がかゝるのではとガッカリす」（中原中也「我が詩観」より）。詩人にとっても、この詩がはじまりの朝となった。

明けぐれ　あけぐれ

夜が明けてもまだしばらく暗い間を、明けぐれという。

我が恋ふる人は来たりといかがせむおぼつかなしやあけぐれの空
和泉式部《いずみしきぶ》

（恋しい人がもしやって来ても、どうしたらいい？　あなたかどうかはっきりわからないのに。だって夜明けのほの暗い空）

もし恋人が来ても、姿がおぼろでわからなかったら「いかがせむ（どうしよう）」と揺れる心を隠さない。定かではない夜明けの暗さを不安げに歌う。ふるえて、ぶれて、もどかしんで、ひとときも落ち着くことのない恋心が、はるか昔の他人事なのに、愛おしい。

かぎろい

「かぎろい」という言葉には、どこかとらえどころのない、ふしぎな音の響きを感じてしまう。東の空に立ち昇る明け方の光のこと。万葉集で、柿本人麻呂《かきのもとのひとまろ》が、こんな歌を詠んでいる。

東《ひんがし》の野に炎《かぎろひ》の立つ見えてかへり見すれば月かたぶきぬ　柿本人麻呂

（東の野に明け方の光が立ち昇るのが見えたので、ふりかえって見れば月が西に傾き沈もうとしている）

語源を辿ると、「かぎ」は「かがよう」に通じる言葉。その意味は、玉の光がゆれ動く。「い」は、この歌にあるように、もともと「ひ」と書いて「火」を表す。つまり、ゆらゆらとゆれ動く、やわらかな光が、かぎろいという光のイメージ。

もともと「かぎろい」は、明け方のほのかな日の光だけでなく、昼のやわらかな日射しや、玉に浮かぶ光のことも表したそう。それが『万葉集』のこの歌によって、「かぎろい」＝明け方の光、というイメージで定着したといわれる。

糸遊《いとゆう》

糸遊とは、かぎろいのこと。

もともとは早春や晩秋に、宙にクモの糸がゆらゆらと漂い、光って見えるさまを呼ぶ言葉だったらしい。そんな光のようすが、あたかもかぎろいのようだから、ゆれる光を意味するようになった。

古代中国でもかぎろいのことを遊糸《ゆうし》といったらしい。そこから糸遊の字があてられた、とも。

きみに与へ得ぬものひとつはろばろと糸遊《いとゆふ》ゆらぐ野へ置きにゆく　　横山未来子

あげることのできないものが一つある、と歌っている。光ゆらめく野へはるばると出かけ、その「与へ得ぬもの」を、おそらく置き去りにしに行く。心のゆらめきと、糸遊のゆらめきとが重なり、読んでいてこちらの感情までゆらぐ思いがする。

それがなんであるかはわからないし、「きみ」にしてみたら、そもそもそんなものが存在することさえ知らないまま終わりかねない。とても悲しいけれど、知らなくていいこと、知らせたくないことというのも、この世にはちゃんとある。だから歌にする。

曙《あけぼの》

暁から東雲へ、そして東雲から、曙へ。
曙とは、日が昇りだし、ほのかに夜が明けようとするとき。「あけぼの」の「ぼの」は「ほのか」に近しい意味で、夜が明けていき、辺りのようすがほのかに見えてくることをいう。

はるはあけほの　やうやうしろくなりゆくやまきは　すこしあかりて　むらさきたちたる雲のほそくたなひきたる

（清少納言『枕草子《まくらのそうし》』一段より）

（春は曙が素敵。だんだん白んでくる山の稜線、少し明るんで、紫がかった雲が細くたなびいている）

春は曙、ではじまるこの文章は、『枕草子』の鮮烈な冒頭。夏は夜、秋は夕暮れ、冬はつとめて（早朝）と続くけれど、あれは素晴らしい、これは趣がある、と言い切るさまには、清少納言の並々ならぬ美意識や、この随筆に懸ける意気込みがあふれんばかりだ。

そして「あかりて」というのが面白い。空が明るむとも、日が射しはじめて空が赤く染まるとも読める。そもそも昔、色の名前というのは、いまの感覚と少しちがう用い方をしたようだ。明るい色は赤、暗い色は黒。明るくも暗くもない中間色は青、というふうに色の呼び分けがざっくりしていたらしい。

朝ぼらけ《あさぼらけ》

夜明けを迎え、日が昇って、辺りがほのぼのと明るくなったころが、朝ぼらけ。

でも「ぼらけ」ってなんだろう？

どうやら由来は定かでなく、おぼろ明けが転じたとも、ほの明けが語源とも、朝開《あさびら》きに曙が混じったとも、さまざまな説がある。いずれにしても「ぼらけ」という語感のほのぼのした感じが、朝に似合ったのだろう。

朝ぼらけ有明の月と見るまでに吉野の里にふれる白雪　坂上是則《さかのうえのこれのり》

(朝を迎えて、あれは有明の月だろうかと思うほど。吉野の里に降っている白雪よ)

『古今和歌集』に収められ、百人一首にも入っている歌。夜明けの月がほのほのと照っているかと思ったのは、降りつもる雪のせいだった、と読むことが多いようだが、また違った解釈もある。

「ふれる」は「降りつづける」という意味だと受けとると、降りしきる雪に朝日がちらつき、まだ空に月が出ているのかと思わせる光を目にした、とも読める。

歌人のまなざしが雪野原を見ているのか、雪の舞う空を見ているのか。どちらだとしても、辺りに日の光が届きはじめた朝ぼらけの幻想的な情景にはちがいない。

ほがらほがら

朝ぼらけの情景を、ほがらほがら、と言い表すことがある。だんだん朝になって、明るくなっていくさまのこと。朗らかというと、屈託のない明るい性格のことだったり、朗《ほが》らかな空などと晴れ晴れしたようすをいったりするけれど、ほがらほがらも同じニュアンス。漢字で書くと、朗ら朗ら。のどかな語感で、いかにも気持ちのいい朝が来た感じがする。いまでいえば、休日の朝の雰囲気といったところだろうか。

昼日中
ひるひなか

「日《ひ》」があ「る」、というのが昼の語源のようです。日る。

そして昼日中というのは、昼と日中という同じ意味の言葉を二つ重ねたもの。これでもか、というぐらい昼を強調している、まっぴるま。

逆に「昼」という漢字は「日」のまわりを線で囲んだ文字で、もともとの意味は雲で日がかげっている状態。つまり、昼の晦《くら》いときを表す文字なのだとか。

昼と一口にいっても、日の出から日の入りまでを昼と呼んで夜と区別したり、朝と夕方のはざまで日が高く昇る時間をいったり、「そろそろ昼にしようか」

なんてランチどきに声をかけあったり、いろんな使われ方がある。太陽が照っている間が、人の活動の活発なとき。だから昼という言葉も、いろんな場面で活発に飛び交うのかも。

ひねもす

春の海終日《ひねもす》のたり〳〵哉　与謝蕪村《よさぶそん》

春の海が一日中のんびりとたゆたっているなあ、と気持ちよさそうな風景が、気持ちのいい言葉の調子で詠まれた句。「のたり〳〵」もリズムがいいし、「ひねもす」という音の響きもぴったり合っている。

一日中、終日といった意味の言葉で、もともとは「昼もすがら」、「日ねもすがら」などといっていたのが転じて「ひねもす」になったとか。反対に、一晩中という意味の言葉は、夜もすがら。

じぶんの
性器が
昼も夜も
たぶん

一生
あたたかいまま
である
こと

に
気がついた
こども
のように
僕は
さめざめと
泣きだして
しまいそうに
なった

（久谷雉《くたにきじ》「昼も夜も」より）

昼と夜を通して、一日というものをこんなふうに抱きかかえるように感じとる詩がある。自分自身の幼さを遠まきに眺め、そこから一周してまた元の幼さに戻ってくるような、悲しみなのか慈しみなのかも定まりのない、若々しい心が伝わってくる。

ひなた誇

ひなたぼこり

ぽかぽかした陽気の日に、ひなたぼっこをすると気持ちがいい。猫のように丸くなって、陽だまりで昼寝していたい。俳句では冬の季語とされるけれど、春でも秋でも、もちろん夏でもなく、冬こそ温もりを求めてしまう季節だから、そうだよなぁ、としみじみ感じる。

ひとの釣る浮子《うき》見て旅の日向ぼこ　山口いさを

それにしても、ひなたぼっこの「ぼっこ」って何だろう？　一人ぼっちの「ぼっち」や座敷ぼっこの「ぼっこ」と同じで、「法師《ほうし》」が「ぼっち」になり、「ぼっこ」になったともいわれる。「法師」というのは男の子のこと。なので、こどもが日当たりにいるようすから生まれた言葉かもしれない。

はたまた、日向《ひなた》でぼんやり惚けてる、という意味の「日向惚け在り《ひなたほうけあり》」が転じたとも。さらには、平安時代の『今昔物語集』をひもとけば、ひなたぼっこを指すらしき「日なた誇」という言葉が出てくる。由来にいろんな説があるのは、やっぱり「ぼっこ」が気になるからかも。

日うららかにて、「日なた誇もせむ、若菜も摘《つみ》なむ」と思《おもひ》て

（『今昔物語集　巻十九　西京仕鷹者見夢出家語第八《にしのきやうにたかをつかふものゆめをみてしゆつけすることだいはち》』より）

（うららかな日なので「ひなたぼっこでもしよう、若菜も摘もう」と思って）

「ひなた」というやわらかい音の響きは、日の当たるところを表す言葉にぴったり合う。陰《かげ》日《ひ》向《なた》がないといえば、裏表のない人柄のこと。ただ、現代というのは、ひなたぼっこだけしていれば日々を幸せに暮らせる、という牧歌的な世の中でもないのだろう。若い詩人の目を通した日の光は、たとえばこんなふうに映る。

遠くのひざしは、あたたかい
なんだかなつかしい
「なつかしい」が、黒も白もなく、
境をのりこえ
いちだんとなって、うつつをおびやかす

（中略）

いのちが、からだの枠のなかに、落ちていて
てのひらですくいあげ、ひなたにあてる
のんびりとこうふくである
のうのうと、どこまでも、
こうふくな いのちである

（丘野こ鳩「a hole」より）

自分のいのちが「からだの枠のなかに」落ちているという感覚はおそらく、なぜ自分は生きているのだろう？ という問いを淡々と見つめるところから来ている。淡々としていても、軽くはない。落ちているいのちを「すくいあげ、ひなたにあてる」のは、生きている実感が淡いのか。それとも生きている証をどうにか見つけようと必死なんだろうか。

淡くて、必死なこの詩の姿に、生きづらい世の中のいまを見る思いがする。いのちの「こうふく」の位置を確かめたいとき、ひなたは手の届く距離にあって役に立つ。だから、日の光が星に降りそそぐことは、地球のいのちにとって幸福な恵みだと思う。

陽口《ひなたぐち》

陰口って悪口だから、言われたほうは、もしも知ったらやっぱり凹む。言うほうにしても、その場ではすっきりするかもしれないけれど、知らず知らずブーメランのように返ってきてしまう。相手を攻撃する言葉は、自分のことも傷つける諸刃の剣だから。

とはいえ、吐き出さずに飲み込んでばかりいたらストレスがたまる一方だし、つくづく扱いがむずかしい。

ところで、相手のいないところでほめることを、陽口という。インターネットで生まれた造語だとか。言葉としても素敵だなと思うけれど、行為そのものが何より素敵。「あの人って、ほんとにいい人だよね」なんて話は、言うほうも、聞くほうも、噂されるほうもばっさり斬られる心配はないし、ほめ言葉だってちゃんと自分に返ってくるし。

昼行灯《ひるあんどん》

行灯は夜の暗がりを照らすものだから、明るい昼間に灯しても役立たずのスットコドッコイだ。そんなわけで、ぼんやりしてて役に立たない人物は、昼行灯と揶揄《やゆ》されるようになった。

あの人もな――……いつの頃からか昼行灯で通ってるからなあ。

（ゆうきまさみ『機動警察パトレイバー』より）

行灯という明かりは、江戸時代に広まった。菜種油などを皿に張って、木綿の灯心にしみ込ませ、火を灯す。せっかくの明かりが風に吹き消されたらいけないと、四方を枠で囲んで和紙を貼った。部屋置きにも持ち歩きにも活躍したが、もともと持ち歩き用だったから「行灯」。それが提灯《ちょうちん》に取って代わられて、置くほうが主流になったとか。

日暈　ひがさ

太陽のまわりにできる光の輪。日暈と書いて「ひがさ」とも「にちうん」とも読む。青空高く昇ったお日さまが、まるで虹に囲まれているような、きれいな丸い輪を広げる。雲が薄くかかったときに、しばしば現れる。

また、白虹《しろにじ》という別名もある。というと、古代中国の故事の「白虹《はっこう》、日を貫けり」だといって不吉の前兆扱いされそうだけど、日暈は太陽を囲む輪だから、日は貫かないんじゃないか（むしろ次の項に出てくる幻日環《げんじつかん》のほうが、日を貫くように見えるかもしれない）。

幻日環
げんじつかん

空高く光の輪ができて、その輪が太陽にかかるという幻想的な光景を、幻日環という。古代中国の歴史書『史記』に、あるとき空にこの幻日環らしき光が現れた、とある。

白虹貫日

白虹《はっこう》、日を貫けり

（司馬遷《しばせん》『史記　鄒陽《すうよう》列伝』より）

白虹というと前項の日暈のようにも思えるけれど、太陽を貫く光ならどちらかといえば幻日環のことじゃないだろうか。日暈も、幻日環も、空にきらきらと現れる光の現象だから、どちらが白虹と呼ばれてもおかしくない。

ただ『史記』に出てくる白虹には、秦の始皇帝を暗殺しようという、けっこう物騒な話が絡んでくる。

まだ秦による中国統一前のこと。燕《えん》という小国の王子が、秦王（後の始皇帝）に人質にとられた。なんとか逃げのびた王子だけれど、仕返しに秦王の暗殺をもくろむ。そこで刺客に選ばれたのが、読書が好きで剣の腕が立つ、荊軻《けいか》という若者だった。

さぁ、秦王お覚悟！　とクライマックスのちょうどそのとき、白虹が日を貫いたという。いよいよこれは大国をひっくり返すできごとの前触れかと思いきや、その暗殺計画は失敗に終わった。しかも燕の王子は白虹が現れたのを見て、憐れな荊軻の忠義心すら疑ったという。

それ以後、白虹といえば、兵乱の前兆と見なされることになった。天気は天気、人は人。根拠のない「前兆」（つまり迷信）に思えるけれど、先のことはわからなくて不安だから、運命やらジンクスやら気になってしまうものなんだよな。

彩雲　さいうん

太陽の光を浴びて、ほんのり虹色に染まる雲を、彩雲という。上空を流れる雲が色づいていたり、飛行機の窓ごしに眺める雲が色鮮やかに染まって見えたり、意外と目にする機会がある。

彩雲は瑞兆《ずいちょう》と呼ばれて、昔から縁起がいいものとされてきた。太陽が空高く昇るころ、上空に差しかかった雲がほんのり染まる。

早發白帝城
朝辭白帝彩雲間
千里江陵一日還
兩岸猿聲啼不盡
輕舟已過萬重山

早《つと》に白帝城《はくていじょう》を発す　李白《りはく》
朝《あした》に辞す　白帝　彩雲の間
千里の江陵《こうりょう》　一日にして還《かえ》る
両岸の猿声《えんせい》　啼《な》いて尽《つ》きざるに
軽舟《けいしゅう》　已《すで》に過ぐ　万重《ばんちょう》の山

（彩雲たなびく朝焼けの下、白帝城をあとにする。遠く千里の江陵まで、ほんの一日の旅だった。両岸から猿の声が響きわたる中、軽やかに舟は、幾重も連なる山々を過ぎていった）

たったの一日で、千里もある遠方まで舟で下ったというけれど、その川は、中国一長い長江の中でも、とくに急流で知られる三峡《さんきょう》という渓谷。

つもりもないのに、思いがけず謀反の罪に問われた李白だったが、流刑地へ流される途中、白帝城の辺りで恩赦される。ぎりぎりセーフ！　この詩は、晴れて自由の身になって、長江を下っていく心境を詠んだものだとか。

ところで、千里ってどれぐらいの距離なんだろう？　時代によって一里の長さはまちまちで、李白が生きた唐の時代でも判然としない。一説によると、一里＝約五百五十メートル。千里はおよそ五百五十キロ。いくら急流下りといっても、一日で行けたかどうか。

木の下風《このしたかぜ》

木の下を吹きわたる涼しげな風を、木の下風と呼ぶ。

似た言葉に、木の下闇があるけれど、それは一年の言葉の章のほうであらためて（一四六ページ）。また、木の芽風《こめかぜ》というのもあって、草木の芽が萌える春先のころに吹く風のこと。

木の下闇は夏の季語、木の芽風は春の季語。でも、どうやら木の下風は季語とはなってないみたい。木の下を吹きぬける風は、季節を選ばない。春や夏には、きっと気持ちのいい風を運んできてくれるはず。

桜散る木の下風は寒からで空に知られぬ雪ぞふりける　紀貫之《きのつらゆき》
（桜舞い散る木の下風は、寒くはない。空に知られない雪が降っている）

桜の木の下では、やわらかい木の下風が吹き、はらはらと花びらが散っている。まるで雪が降っているようだけれど、そんな架空の雪は、桜の木の下でしか見られない。空には知られることもない、ひそやかに降る雪だ……と、詩的でロマンチックなイメージがあふれている。花見のときには、こんな歌を思い浮かべながら一杯やりつつ、桜吹雪を眺めるのも素敵だろう。

と思ったら、この歌に痛烈なダメ出しをした俳人がいた。正岡子規だ。

「空に知られぬ雪」とは駄洒落にて候
（正岡子規「再び歌よみに与ふる書」より）

貫之の歌をばっさり斬っている。

「十年か二十年の事ならともかくも、二百年たつても三百年たつてもその糟粕《そうはく》を嘗《な》めてをる不

見識には驚き入《いり》候」（同）

糟粕を嘗めるというのは、先人のまねばかりだという批判で、ずいぶんきつい口調で書かれているが、言わんとしているのは「おいおい、千年前の歌だよ。そりゃわるい歌ではないけれど、何百年もお手本にするほどかい？」と、そんなところ。

子規の思いとしては、少々荒っぽい言葉で一石を投じてでも、この程度の歌をいつまでもありがたがってないで、いまはいまの新しい歌の可能性を切り拓くべき、という危機感に苛《さいな》まれてのことだったろう。

駄洒落といっても、ねこがねころんだ、とかいう類ではない。舞い散る桜の花びらを見て「空に知られぬ雪」と詠むのは、もののたとえだ。そのたとえに、何が感じられるだろう？　たしかに言い得て妙だな、巧みな比喩だな、とは思う。けれど、そこから広がっていかない。空に知られない雪と、詠み手の心とのつながりが見えてこない。

詩歌は、上手に作ろうとしたとき、テクニックがひとりぼっちになりやすい。そうではなく、歌心と巧《うま》さとがひとつになって味わいを深めてこそ、技巧も詩歌も光る。

星昼間 ほしひるま

昼は、太陽が空の真上に昇るころ。なので、星が空の真上に来るころを、星昼間（または星真昼《ほしまひる》）という。その星にとっての昼、という意味。

たとえばオリオン座の三ツ星は、沖縄の石垣島では春先になると、夕暮れに天頂にまたたく。だから、二月の夕方がオリオン座の星昼間。そのときちょうど南から吹く風があって、星昼間の南風（ぷすぴろーまぬはいかじ）と呼ばれる。

オリオンといえば、沖縄のビールだ。春先でも暖かい南風が吹いて、初夏のように汗ばむ陽気の日も多い。夕焼け空に高々とあがる三ツ星を眺めながら、ぷはぁーっとジョッキを傾けるのは、南の島での至福の時間にちがいない。

夜 よ

夜は古くは「よ」と呼んでいたのが、いまでは「よる」と呼ぶようになった。

昼は「日《ひ》る」で、夜《よる》は「夜《よ》る」が語源だそう。そう聞くと「メモる」とか「ハモる」といった、いまの言葉のようだけれど、動作ではなく、あくまで状態を表す。

では「夜《よ》」という言葉はどこから来たのだろう？　「日《ひ》」は、同じ「ひ」の音で「霊《ひ》」という言葉があり、すべての活力の源になる超自然的な力を指すようだ。太陽ならではの力。

「よ」には停止という意味があって、生き物が活動を止めている時間だともいうけれど、確かなことはわからない。「夜」の字には、人影を表す「大」が斜めになった形と、夕方の月を表す「夕」の形があり、月が昇るころを示している。

夕べにはじまって、宵となり、夜中までが夜の時間。それから暁を迎え、朝の時間が訪れる。

夕べ　ゆうべ

夜の「よ」に浜辺の「べ」で「夜辺（よべ）」となり、それが「ようべ」、「ゆうべ」へと転じたとか。日が落ちて、夜が来る辺りといった意味。夕方のこと。

夕暮はいかなる時ぞ目に見えぬ風の音さへあはれなるかな　和泉式部
（夕暮れどきって、いったいどういう時なんだろう？　目に見えない風の音さえ、胸にしみるよ）

日が沈むころになると、心に迫るものがある。なぜなのかわからない。わけを知りたくて辺りを見まわしても、目に見えない風の音さえ自分の心をしめつけて仕方ない。そんな切羽つまった歌いようを前にすると「目に見えぬ風」という言葉が、和泉式部の歌心そのものから湧きあがっているのが伝わってくる。なぜこんなにも夕暮は……。わからない、見えない、なのに胸にしみる。

和泉式部のこの歌に凝った言い回しはなくて、心に感じたままをありありと歌っている。それこそ、心の中のものを打ち明け、解き放たずにはいられない歌という営みの素顔だと思う。

夕間暮れ、暮れ合い、夕つ方、入り方など、夕方を表す言葉は多い。そして日付が変わると、さきほどまでの夕べが、昨夜のことに変わる。それで昨夜を「ゆうべ」とも呼ぶようになった。

「人生、楽しまなくっちゃ。夕方が一日でいちばんいい時間なんだ。脚を伸ばして、のんびりするのさ。夕方がいちばんいい。わしはそう思う。みんなにも尋ねてごらんよ。夕方が一日でいちばんいい時間だって言うよ」

（カズオ・イシグロ『日の名残り』より／土屋政雄訳）

一番星 いちばんぼし

ほかのどの星よりも真っ先に、夕焼けの西の空にまたたく金星が、一番星。またの名を、宵の明星《みょうじょう》という。太陽と月の次に明るく見える星。

一番星みつけた
あれあの森の
杉の木の上に

（生沼勝作詞「一番星みつけた」より）

金星が、明け方に姿を現すときは、明けの明星と呼ばれる。うっすらと東の地平線が明るむころ、藍《あい》色の空に光って見える。

でも、いつでも宵の明星や明けの明星に出会えるとはかぎらない。おおよそ半年ぐらいのサイクルで、かわるがわる夕暮れや夜明けの空にまたたく。火星や木星、土星なども肉眼で見ることができる。太陽にいちばん近い水星も、ふだんはまぶしい日光に隠れているが、日の出直前や日の入り直後に時折見えることがある。

明け方の空に
惑星たちの登場です
夜の旅も
星につれられ
新しい明日がのぼってきます

（カシワイ「天象儀の夜」より）

夜さり　よさり

夜さりって、夜が去るから明け方のことかな？　と思ったらちがって、夜になるころ、つまり夕方や夜のこと。

この「さり」は「去り」なのだけれど、昔は「来る」、「近づく」といった意味があった。「ようさり」ともいって、こちらは「宵さり」が転じたという説もある。

白地着て雲に紛ふも夜さりかな　八田木枯《はったこがらし》

白地の着物を着て、雲と見まちがえてしまうのも、夕暮れどきならではのこと。と、そんな句だけれど、着物の白、雲、夜さり、と連なる言葉からの連想で、ふわりと空へ去っていきそうな、雲に紛れ込んでいくような、そんなイメージが浮かんでくる。

夕さり

ゆうさり

夜さりと似た言葉で、夕方になるころ、夕暮れどきという意味。

朝《あした》には狩にいだしたててやり、夕《ゆふ》さりは帰りつつそこに来《こ》させけり。

（『伊勢物語』六十九段より）

（朝には狩りに行く準備をして送り出し、夕方に帰ってくれば、屋敷に来させた）

『伊勢物語』のこの六十九段は、淡い恋心がすれちがう話でちょっとせつない。逢う約束をした夜、男のもとへやってきたものの、女はなにもせずに帰ってしまう。朝になって、男が恋しさに苦しんでいるところへ、歌が届く。

君や来《こ》し我や行きけむおもほえず夢か現《うつつ》かねてかさめてか

（同）

（あなたが来たのか、わたしが行ったのか、よくわからなくて……。夢だったのか、現実にあったことなのか……。寝ていたのか、起きていたのか……）

女のほうもまた、恋のさなかで心が乱れているようすが伝わってくる。結局、二人は結ばれず、使いの役目を終えて男は帰っていく。こんな言葉を残して。

又あふ坂の関はこえなむ　　　（同）
（また逢坂の関を越えて、ぜったい逢いにくるから）

彼は誰《かわたれ》

日暮れのときは薄暗い。いまのような街灯がなかった昔は、なおのこと。通りを行き交う人同士が、おたがいに相手の顔を見分けにくかった。すれちがっても、よく見えない。はて、なんとあいさつしていいものやら……。「彼《か》は誰《たれ》？」と首をひねるような、朝夕の薄暗いころを、「かわたれ」（または、彼は誰どき）といった。

黄昏《たそがれ》も由来は似たようなもので、「誰《た》ぞ彼《かれ》」から「たそがれ」になった。そして「たそがれ」が夕暮れどきなら、「かわたれ」は夜明けどきだと、いつしか二つの言葉を使い分けるようになった。

誰そ彼とわれをな問ひそ九月《ながつき》の露に濡れつつ君待つわれそ　　　詠み人知らず
（誰だあれは、とわたしに聞かないで。九月の雨に濡れながら君を待つわたしだから）

入相の鐘《いりあいのかね》

帰りの時間を忘れて、外で遊んでいるこどもは、お寺の鐘で我に返り、それぞれの家路についた。もうすっかり暗くなって、近所を急いで駆けていく間、あちこちから夕飯の匂いが湯気といっしょに漂ってくる。

夕暮れに寺でつく晩鐘《ばんしょう》のことを、入相の鐘という。入相とは、太陽が沈むころ。

夕凪《ゆうなぎ》

たとえば四方を山に囲まれた瀬戸内海では、凪の時間が長く続く。夏の暑いときでは、夕方に風がはたりとやむのは、けっこうつらい。夕凪って、そういうもの。まるで油を流したように、海面がぴくりとも波立たない状態を、油凪《あぶらなぎ》という。そよとも風が吹かなくて、波もない状態は、べたなぎ。

ふりかけの音それはそれ夕凪ぎぬ　永末恵子

さらさら、ぱらぱら、とふりかけをごはんにかける音がする。夕ごはんの時間だけれど、まぁ感心するほど、ぴたりと風がやむ。ちっとも吹かない。暑くてかなわないが、海も律儀なもので、しぃんと波ひとつ立てずに大人しくしている。そんな夕凪の食卓。

風やら海やらに文句の一つも言いたくなりそうなものだけど、それはそれ。ふりかけという小道具がかわいい。

宵《よい》

宵は、夕べのあとの夜の時間。宵の口といって、日が暮れたばかりの時間を指す言葉もある。宵のうち、といえば宵の時間のことだけれど、およそ夜六時から九時、十時まで、といったところ。宵を過ぎれば、夜中の時間がやってくる。

今宵月は裏荷《めうが》を食ひ過ぎてゐる

（中原中也「月」より）

今宵の斬鉄剣《ざんてつけん》は一味ちがうぞ。

（宮崎駿監督『ルパン三世　カリオストロの城』より）

今宵というと、詩の一節や物語のセリフがふっと思い浮かぶのは、考えてみればふしぎ。ただ、江戸の大盗人を描いた『国定忠治《くにさだちゅうじ》』のセリフを「赤城の山も今宵限りか」と憶えていたら、じつは違った。新国劇のヒット作として世に知られることとなった、行友李風《ゆきともりふう》作の戯曲では「今夜」となっている。

赤城の山も今夜を限り、生れ故郷の国定の村や、縄張りを捨て国を捨て、可愛い子分の手めえ達とも、別れ別れになる首途《かどで》だ。

（行友李風『極付　国定忠治』より）

よばい星

よばいぼし

夜空にすうっと流れる流れ星、それを、よばい星とも呼ぶ。ああ、あの星は、好きな娘に会うために体を抜け出した男の魂にちがいない、といって。

女性の寝所へ夜中しのんで行くのが、夜這い。でも昔は通い婚といって、男女は一緒の家に住まないで、妻の家へ夫が通うものだったから、ちょっとニュアンスがちがうかもしれない。夜這いは「婚《よば》い」。夫が妻のもとに通うという意味。また、求婚することを「呼ばふ」といった。

星が流れると誰かの目にかはる

鴇田《ときた》智哉《ともや》

流れ星を見ると、自分の目が誰かの目に変わる、と感じる。一人で見ているのではない。ここにはいない誰かも、どこかできっと見ていると、直感がささやきかけるのだろうか。流れ星そのものが、パァーッ！　と視界を広げるような、そんな一瞬の光芒《こうぼう》のイメージも連想される。ひとりの人間が、誰かと、星空と、溶けあえたかのように。

宵越し　よいごし

江戸っ子は宵越しの銭は持たない、だなんてお金にとらわれない気《き》っ風《ぷ》のよさみたいにいうけれど……。その日の稼ぎは、その日のうちに使う、という意味だとしても、「その日」をもし午前〇時までとカウントすると、午前様には一文無しということにならないだろうか？　そんなことをして終電をなくしたら家まで帰れないんじゃないかと余計な心配をしてしまう。

宵越しとは、一晩をまたいで次の日まで持ち越すこと。なので朝まで飲んだら宵越し。もう始発電車は動いてるから、定期か電子カードでもあれば、どうにか家まで帰れるはず。でもそれって、すってんてんの朝帰り？

夜中　よなか

宵を過ぎたら、夜中。とはいえ、宵が九時、十時までといっても、九時を過ぎたら夜中というのは、ちょっと早い気がする。およそ夜十一時から翌二時までを「夜中」と答える人が多かった、という話もある（ＮＨＫ放送文化研究所、二〇一五年調べ）。

「夜《よ》」のところでもふれたけれど、朝を暁、東雲、曙……と呼び分けるように、夜も夕べ、宵、夜中と分けて、それから暁という朝の時間へと入っていく。昔の人は早起きで、夜明け前の、一番鶏が鳴くころには動きだしていたとか。昔風にいうなら、丑《うし》の刻《こく》（およそ午前一〜三時）までが夜中、寅《とら》の刻（およそ午前三〜五時）からが朝。

天気予報では「夜中」というかわりに九時から十二時までの時間を「夜遅く」という。たしかにそんな時間に電話をかけたら「夜分遅くにすみません」と一言詫びるもの。

夜半《やはん》というのは、夜中の別名。夜が半ばを迎える、午前〇時ごろ。真夜中は真昼の反対だから、やっぱり時計の短い針が12を指すころだろうか。

いずれにしても、夜中はこどもはぐっすり眠る時間。大人同士でゆっくり話をする時間。

きみが怒るのも無理はないさ
ぼくはいちばん醜いぼくを愛せと言ってる
しかもしらふで

（谷川俊太郎「夜中に台所でぼくはきみに話しかけたかった　4」より）

夜通しコンビニが明るい現代とちがって（それもどうかと思うけれど）、昔は日がとっぷりと暮れたら、九時も十一時も変わらず暗かったはずだ。行灯を灯すか、日が落ちたら寝てしまうような生活ぶり。宵の次は夜中で、なんにも困らなかっただろうな。

未明《みめい》

未明というのは、「未《いま》」だに夜が「明」けない間のこと。日付が変わってから、三時まで、と天気予報では決めているそう。三時を過ぎたら、明け方と呼び方を変える。いやいや、そうじゃなくて、夜の二時から四時ごろまでじゃない？　という声もある（NHK放送文化研究所、二〇一五年調べ）。
未明って、あいまいなもの。日付が変わって、まだ日が昇らない暗いうち、ぐらいに考えておけばいいのかもしれない。そして夜明けの気配がしてきたら、暁に。

夏未明音のそくばく遠からぬ　　野沢節子

「そくばく」というのは、幾ほどという意味。夏の未明に、いろんな物音が聞こえる。そう遠くない音もある。うつらうつらとまどろんでいるのか、夜更かしをしてまだ起きているのか。朝方じゃないかな、という気がしつつ。ふとんの中で、そんな音に聞き耳を立てている。

丑三つ時《うしみつどき》

草木も眠る丑三つ時、といえば夜のいちばん深い時間のこと。だいたい午前一時から三時ぐらいまで。そんな深夜には、草だって木だって眠っている。

子《ね》、丑、寅《とら》……と干支《えと》の十二支をあてはめた時の数え方を、十二時辰《じゅうにじしん》という。丑三つの「三つ」というのは、十二時辰のそれぞれの時間をさらに四つに分けた、三番めのこと。なので、およそ午前二時から二時半ごろ。

そういえば動物たちが干支の順番を決めるとき、神さまは「元日においで。早い者順にしよう」と言った。牛は歩くのが遅いからと、夜が明けないうちから出かけたおかげで一着になれた。丑の刻が未明にあるのは、夜通し歩いた牛と関係あるのかな？

夜深《よぶか》

深夜には、いろんな呼び方がある。夜更け、夜深、深更《しんこう》など。更けるというのは、深まるという意味の「深ける」にも通じる。

夜が更けて帰って来ると、
丘の方でチャルメラの音が……

電車はまだある、
夜は更ける……

（中原中也「夜更け」より）

昭和の初め、中原中也の詩の中では、夜更けというのはまだ電車があり、屋台のチャルメラの音が響きわたる時間帯のようだ。

酔っ払いのぼやきをそのまま書きつけたような中也の言葉が何度読んでも味わい深いのは、あたかもそこに生きる人間のむきだしの心が差し出されているから。夜更けなら夜更け、今宵なら今宵の心情をくっきりと描き出す、鋭敏な感受性のままに。

糠星《ぬかぼし》

夜空にまたたく無数の星を、糠星という。糠というのは、稲や麦を精白するときに出る、種皮や胚芽などが細かい粉になったもの。糠漬けにも使われる。粒々とちらばる小さな星がまるで糠のようだから、糠星と呼んだ。

あまたの星たちを糠にたとえた昔の人のまなざしに、やさしさを感じてしまう。宮沢賢治の童話にも、そんな小さな存在たちへ愛情を注ぐ小品がある。

スターになりたいなりたいと云っているおまえたちがそのままそっくりスターでな、おまけにオールスターキャストだということになってある。それはこうだ。聴《き》けよ。

あめなる花をほしと云い

この世の星を花という。

（宮沢賢治「ひのきとひなげし」より）

霧雨のように細かい雨は、糠雨《ぬかあめ》とか小糠雨《こぬかあめ》とかという。糠星にしても、小糠雨にしても、糠という生活に身近なものにたとえて、星や雨のような自然の存在を近しく感じさせてくれる。いわば、自然にあだ名をつけるようなもの。比喩というのは物の見方を変えることで、物事をわかりやすくしてくれる。

希望の跡地に人糞（じんぷん）を蒔いて、もう日暮れ、でーす

あきずよ、いなごよ、ゆくえをもうさがさないでくだ、さーい　寝わらに点ける

ご神火を、あしたのあえのことに捧げ、まーす　ぬかがそらから降るのをゆるしてくだ、さーい

（藤井貞和「転轍《てんてつ》——希望の終電」より）

この詩にある「ぬかがそらから降るの」も何かのたとえなのだろうか？　細かな粒だ。星にも雨にもたとえられるけれど、またべつなものを暗示しているのかもしれない。「ゆるしてくだ、さーい」という一見ふざけた口調には、「ゆるし」を求めるのとはむしろ真逆の、愚かな自分たちをあざける心情がにじんでいるようだ。

人の造りだした、見えない毒の粒がまき散らされ、田畑が汚されたとき、えいえいと土を耕してきた人々の怒りや悲しみはどれほどだろう。

捨てばちのような口調でこの詩は書かれている。もちろん、田畑とともに生きる人々の怒りや悲しみを分かち合うことなど到底できはしない。それでも言葉にせずにいられない。詩として書かずにいられない。いかにして農家の人々が、代々実りへの祈りを捧げてきたか（「あえのこと」とは、収穫を終えたあと、田の神をねぎらう行事のことだ）。どれほど心を砕いて稲を育ててきたことか（こえだめの「人糞（じんぷん）を蒔いて」田んぼの肥やしにもする）。

やけになったかのように書きつけられたこの詩の言葉の裏に、地と生きる人々へ、さまざまな生命へ寄り添おうとする思いがあることだけは、どうかゆるしてほしい。言葉が言葉に過ぎないとしても、人の世の咎《とが》を書かずには済ますことのできない、詩人という存在のでくのぼうさを。

小夜更けがた

さよふけがた

小夜の「さ」には、言葉の調子を整える役割があって、いわば音の飾りのようなもの。言葉の意味を左右はしないから、夜も小夜も一緒。小夜更けがたというのは、夜が更けてくる、といった意味になる。夜を好もしいものとして呼びたいときは、小夜と。

わが船は比良の湊にこぎ泊《は》てむ沖へなさかり小夜ふけにけり　高市黒人《たけちのくろひと》

（わが船は、琵琶湖の西岸、比良の船着場に停泊することにしよう。岸近くを漕いで、あまり沖遠くへ行ってはいけない。もう夜が更けたのだから）

『万葉集』の中で、高市黒人の歌はきわだっている。事物事象をあるがままに書き、そこに心を素直に表すような歌だ。心は隠すもの、情景は美化するもの、といった企みがない。上手《うま》く詠んでやろう、といった力みもない。すっとしぜんに胸に入ってくる。

ヨーロッパなどに生息する鳥、ナイチンゲールは、日暮れのあとや夜明け前に美しい声で鳴くことから、和名を小夜鳴鳥《さよなきどり》という。ドイツにはこんなことわざがあるそうだ。

ある人にはフクロウでも、別の人には小夜鳴鳥。

これに似た日本のことわざといえば、「蓼食《たでく》う虫も好き好き」（人の好みはそれぞれ）。

夜もすがら よもすがら

夜もすがらは、夜通し、一晩中という意味。反対に、昼間ずっとや一日中を表す言葉は、ひねもす、日もすがら。

道すがらなどともいうけれど、「すがら」というのは、はじめから終わりまでずっとや途中でといった意味があるそう。夜もすがらは、夜の間ずっと。道すがらは、道の途中で。

百年前に変らぬ河港の桟橋で
朝な朝な狼のやうに吠えてゐたのは何？

熱い坩堝の底で　夜もすがら
蛍のやうに目覚めてゐたものは何？

（入沢康夫「遐《とほ》い宴楽《うたげ》」より）

夜通し、光を灯しつづける「蛍のやうに目覚めてゐたもの」があったという。毎朝毎朝、桟橋で「狼のやうに吠えていたもの」も。遠い日をふり返ったとき、記憶の光景と心象風景とが、ほとんど見分けがつかなくなることがある。たとえば、少年時代に校舎の窓から眺めた思い出の中の茜空《あかねぞら》さえ、ほんとうに見たものだったか、懐かしさが生みだしたイメージなのか、どんなに記憶をたぐっても確かめることはむずかしい。

遠のいた過去の日へ問いかける声を胸にしまって、人は生きている。それゆえ、時に声をかぎりに叫びたくなる。言葉にして問いたくなる。

「朝な朝な」というのは、朝ごとに、毎朝。「夜な夜な」なら、夜ごと、毎夜。「朝な夕な」は、朝に夕に、いつも、つねに。この詩の中の「朝な朝な」と「夜もすがら」という言葉は、たがいに響きあい、遠い日々の朝や夜たちを呼び起こそうとするかのよう。

日日 にちにち

いまから千百年ほど前、中国の唐の国に雲門《うんもん》という禅僧がいた。ある日、雲門禅師が修行者に言った。

「これまでの十五日にどう向き合ったかは聞かない。これからの十五日とどう向き合うのか一言で言ってみなさい」

そして（答えられなかった）修行者に代わり、雲門は自ら答えを言った。

「日日是好日」

……と、これは『碧巖録《へきがんろく》』という仏教の書物の中にある禅問答（公案《こうあん》）で、ここから「日日是好日」という言葉が広まった。茶室などに掛かっている書の掛け軸にもしばしば見かけられる。

「にちにちこれこうにち」と読むけれど、ほかにも「ひびこれこうじつ」「ひびこれよきひ」など読み方はさまざま。

どのような日もいい日だと受けとめて自分の生に感謝しなさい、という意味だとか、そもそも一日をいいの悪いのと考える心を捨て去りなさい、ということだとか。禅の公案だけあって、問いの意味も答えも定まりない。

それでも、日日是好日という言葉のあたたかさやふしぎさが伝わってきて、いつまでも飽きないから、時代を超えて伝えられてきたんだろう。

今日

きょう（けふ）

いま、この日。昔は「けふ」といって「け」は「此《こ》」が転じたもの、「ふ」は日を表す。此の日だから、今日。また「け」は「来《く》」の意味を持つともいわれる。

けふ一日《ひとひ》また金の風
大きい風には銀の鈴

けふ一日《ひとひ》また金の風

（中原中也「早春の風」より）

昨

きのう（きのふ）

今日の前の日。古くは「きのふ」といった。「ふ」は、今日《けふ》と同じく、日のこと。古語では昨夜を「きそ」ということから「きのふ」の「き」も意味は同じだそう。「過ぎの日」の「す」や「先の日」の「さ」が省かれて「きのふ」になったともいうが、はっきりとしたことはわからない。

昨日いらつしつて下さい

室生犀星《むろうさいせい》

きのふ　いらつしつてください。
きのふの今ごろいらつしつてください。
そして昨日《きのふ》の顔にお逢ひください、
わたくしは何時《いつ》も昨日の中にゐますから。
きのふのいまごろなら、
あなたは何でもお出来になつた筈《はず》です。
けれども行停《ゆきどま》りになつたけふも

あすもあさつても
あなたにはもう何も用意してはございません。
どうぞ　きのふに逆戻りしてください。
きのふいらつしつてください。
昨日へのみちはご存じの筈です、
昨日の中でどうどう廻りなさいませ。
その突き当りに立つてゐらつしやい。
突き当りが開くまで立つてゐてください。
威張れるものなら威張つて立つてください。

「一昨日《おととい》来やがれ」と相手を追い返す言い方がある。一昨日に戻ることはできないから、金輪際顔も見たくないといった意味だけど、ちょっぴりユーモラスな人情味もある。それをもし「きのふ」といわれたらどうだろう？　妙にリアリティがある。昨日までは来てよかった。今日はもう来ちゃだめという。たった一日の差。「あすもあさつてもあなたにはもう何も用意してはございません」と断言されるなんて、堪忍袋の緒が切れたんだろう。毅然とした態度で門前払いを喰らわせている。

この詩は、犀星の後期の作だけれど、もしも晩年に三行半《みくだりはん》を突きつけたいほどの相手がいるとしたら、それって自分自身かもしれない。

おとつい

一昨日《おととい》のことを昔は「をとつい」といったらしく、いまでも「おとつい」という地方もある。古くは遠くのことを「をち」といった。この遠くという意味の「をち」が「をと」になって、遠くの日は「をとつい」、遠くの年を「をととし」と呼んだ。「つ」は「の」を表していて、「遠《をと》つ日《ひ》」が転じて「をとつい」に。

ほんの二日前なのに遠い日だなんて、ハンフリー・ボガートみたいですね。

「昨夜はどこにいたの?」(Where were you last night?)

「そんな昔のことは覚えてない」(That's so long ago, I don't remember.)

（マイケル・カーティス監督『カサブランカ』より／岡枝慎二字幕）

弥の明後日

やのあさって

明日の次の日を、明日が去ったと考えて、「明日去りて」という意味から「あすさて」といった。それが転じて「あさって」になったとか。

では明後日《あさって》の次の日は、明々後日《しあさって》というけれど「しあさって」の「し」ってなんだろう？　じつはよくわかっていないらしい。今日から数えて四日目だから「四《し》」というのだとか、「過ぎし」

のことだとか、「再《さい》」がつづまって「し」だとか、いろんな説がある。

その明々後日の次の日を、こんどは弥の明後日というけれど、地方によっては明後日の次が、弥の明後日で、その次が「しあさって」と呼び方が逆のところもあるのだそう。暮らしの中で息づく言葉に、どちらが正しいもないけれど、待ち合わせするときは、おたがい日にちを確かめて。

寧日　ねいじつ

安らかな日、心休まる平穏な日のこと。

「寧」には安らかという意味があるのだけれど、寧日といわれると、ふと「丁寧」という言葉を連想してしまう。心穏やかな日と、丁寧な暮らし。この二つが、どこかでつながっているような気がする。

聖　ひじり

神秘的な霊力を持つ者を、古代の人は聖と呼んだ。「日」(または「霊《ひ》」)を「知る」者、つまり「日知《ひじ》り」が、聖の語源。物知りならぬ、日知り。日食や月食がいつ起きるのか、夏至はいつで、冬至はいつなのか、といった太陽や月の謎を正確に言い当てられる者がいたら、古代の人々は驚いて、神聖視したにちがいない。

酒の名を聖《ひじり》と負《おほ》せしいにしへの大き聖の言《こと》のよろしさ
大伴旅人《おおとものたびと》
(酒のことを聖と呼んだ昔の大聖人は、なんていいことを言うんだろう!)

「酒はなんて素晴らしいんだ」とほめちぎる歌が、『万葉集』の中に十三首並んでいるところがある。大絶賛といっていい。そのうちの一首がこれ。大聖人というのは、古代中国の徐獏《じょばく》という人で、国の禁酒令が出たときに、清酒を「聖人」とほめて、濁り酒を「賢者」とたたえて、禁を破って飲んだとか。そのうえ酔いつぶれて捕まり、処刑されそうになったそう。やっぱり大聖人は人間としての器がちがいます……(遠い目)。

日にち薬《ひにちぐすり》

月日が経つことが、心身を癒してくれる何よりの薬、という言葉が、日にち薬。

医者が治せる病もあれば、新しい恋がふさいでくれる失恋の傷もあるけれど。体であれ、心であれ、ふしぎなことに、あれほどつらかったはずの痛みが、月日の過ぎゆく中でしだいにやわらいでいくことはある。

希望　貞久秀紀《さだひさひでみち》

わたしが待ち、このひとが鳥籠から一羽の白い小鳥をだすときに
わたしが命じられてかたわらにいる間、それはこのひとの手の甲に

止まり、ついでふたたび同じところに止まって光のなかへひろがりでるよりも前、行くなかで退いて止り木に移る。

枝とともにゆれる葉はなぜそこを離れてもゆれやまず、途切れのない空気をひととおりにおりてくる道であるのだろう。一例としてそこにかけがえなく現われた鳥は、葉の下を啄みながらみずからの主力となって、いまも隙間なくうごくなぜ白い鳥なのだろう。

葉が落ちる。鳥がついばむ。ただそれだけのことを書き記した言葉が、どうして「希望」なんだろう? 当たり前のものごとが、当たり前にある。それだけで救いになることが、時にある。葉というものはあおあおと茂り、枝から離れ、ひとすじの道を通って宙を落ちるもの。鳥というのは、くちばしでついばみ、ちょこちょこと動きつづけるもの。そんな当たり前の自然のありようを見つめることで、狼狽《ろうばい》していた心が落ち着きを取り戻せたりする。何も特別なことなんて起きなくても、ただ日が過ぎるだけで薬になる、ということは起こりうる。葉が落ちる、鳥がついばむ、ただそれだけで希望になる、ということが。

過ぎゆく日々が薬になる、というのは、人間を包むこの世のやさしさだと信じたい。

第二章　一《ひと》月《つき》の言葉

今日が何日なのか、昔は夜空を見あげれば一目でわかった。新月なら一日、三日月が出れば三日、十五夜の月が昇れば十五日というふうに。旧暦は、月の満ち欠けによりそう暦だから。この章では、夜空の月とともにめぐる一月の言葉を紹介したい。月にまつわる文学などを味わいながら。

上り月　のぼりづき

月が、新月から満月へと満ちていく間を、上り月という。

そもそも月という言葉の由来は、太陽の次にまぶしいから「次」が「月」に転じたとか、「次々」に形を変えるからだとか、新月に光が「尽き」るからとか、説はさまざま。

新月は「朔《さく》」、満月は「望《ぼう》」とも呼んで、朔望《さくぼう》といえば新月と満月のこと。また、朔望月《さくぼうげつ》といったら、新月から満月へ、満月から新月へとひとめぐりすることをいう。

雪月花や、花鳥風月などと、自然の見せてくれる情景の代表的なものを表す言葉には、月が数えられているくらい、昔から愛《め》でられてきた。

うさぎ　うさぎ
なにみて　はねる
じゅうごや　おつきさま
みて　はねる

（童謡「うさぎ」より）

朔日　ついたち

月の満ち欠けに基づく旧暦では、新月の日が一日だった。一日と書いて「ついたち」というけれど、もともと、月立《つきた》ち、といった。この「立ち」は、はじまる、起こる、という意味。つまり月立ちとは、月のはじまり、新月のこと。

そして「朔」には、月が蘇るという意味があり、新月を表すので「朔日《ついたち》」や「朔《ついたち》」と書くこともある。春のはじまり、秋のはじまりをいう立春や立秋などの「立」も、月立ちの「立ち」と意味は同じ。

長男で朔日生れの太郎であるから、簡単に朔太郎と命名されたので、まことに単純明白、二二が四的に合理的で平凡の名前である。

（萩原朔太郎《はぎわらさくたろう》「名前の話」より）

詩人の萩原朔太郎は「日本近代詩の父」と呼ばれている。長男で、朔日生れで、そのうえ「父」でもあって、朔太郎といえば詩人の、とすぐに思い浮かぶくらいだし、たしかに合理的な名前かもしれないが、さほど平凡ではないような。

月旦《げったん》

月初めの日を、月旦ともいう。朔日のこと。

その昔、古代中国に、許劭《きょしょう》という批評家がいた。月に一度、人物評論会を開いていて、彼に高評価をもらった者は出世し、ダメ出しされた者は没落したというぐらい影響力があったという。

たとえば『三国志』で知られる武将の曹操《そうそう》も、若き日に許劭の人物評を受けている。

子治世之能臣、亂世之姦雄

子《し》は治世の能臣《のうしん》にして、乱世の奸雄《かんゆう》なり

（曾先之《そうせんし》『十八史略　漢末群雄　月旦評《げったんひょう》』より）

（あなたは太平の世では優秀な臣下だが、乱世には悪知恵に長けた英雄になる）

相手が誰だろうと、許劭は遠慮しない。武人の逆鱗に触れかねない言葉を言い放ったが、曹操は豪快に笑って受け流したようだ。

月に一度のこの人物品評会を月旦評と呼んだので、いまでも品定めや人物評のことを月旦評（または月旦）というようになったそう。

繊月《せんげつ》

二日月は、新月の次の月。ほっそりと輪郭だけがほのかに浮かびあがる。夕暮れの空に目をこらすと、うっすら見える。繊維のように細いから、繊月と。

二日月息してふいに線になる菖蒲で切った傷が痛んで　山崎聡子

かすかな息にも吹き飛んでいきそうなほど、二日月は繊細に見える。そのかすかさ、細さに共鳴するようにふるえる心は、細さゆえに鋭くもある菖蒲の葉先を連想させる。指だろうか、腕だろうか、菖蒲にこすったときの切り傷が痛む。あるかなきかもわからない月の線の細さに惹きつけられるような心細さを抱えながら。

初月《ういづき》

新月から数えて三夜めの、三日月は、ほっそりと弧を描いて眉のよう。眉月《まゆづき》、月の眉、眉書月《まゆがきづき》などという。

二日月はほとんど見えないから、新月のあと初めて月が姿を現すのは三日月だともいえる。なので、初月や若月《わかづき》といった別名も。初月は「はつづき」、「しょげつ」とも読む。

振りさけて若月《みかづき》見れば一目《ひとめ》見し人の眉引《まよびき》念《おも》ほゆるかも

（空をあおいで三日月を眺めれば、一目見たあの人のことを思い出してしまう）

大伴家持《おおとものやかもち》

この歌は、家持がまだ若く、十代半ばに詠まれたものといわれる。片思いだろうか、胸に抱える気持ちばかりふくらんで、ほんのちょっとしたきっかけでも相手のことを思い浮かべてしまう。眉引というのは、眉毛をすべて抜いたあと、眉墨で額に眉を描く化粧のこと。弧を描く三日月にまで相手の面影を重ねるのは、やや重症かもしれない。月を見ては思い出し、思い出すために、また月を見る少年の恋心が目に浮かぶよう。

そんな三日月の呼び名は尽きない。夕方に見えるから夕月《ゆうづき》、刀剣に似ているから月の剣《つるぎ》、釣り針のようだから鉤月《こうげつ》、真ん中がぽっかり空いているから虚月《こげつ》、などさまざま。

弓張り月

ゆみはりづき

半月の形がまるで弦を張った弓のように見えることから、七日めの月を、弓張り月といったり、弦月《げんげつ》といったりする。上弦《じょうげん》の月という名前も、「弦」は弓の弦から来ている。円を半分に割った形だから、片割れ月とも呼ばれる。

ゆみはりの月にはづれて見しかげのやさしかりしはいつか忘れむ

西行《さいぎょう》

(弓張り月の光のあたらないところで見つめた、あの人のたおやかで美しい姿を、いつか忘れてしまうなんてことがあるだろうか?)

九百年前の恋歌には、ごくしぜんに弓張り月という言葉が使われた。満月ほど明るくはない。新月のような暗がりでもない。ほのかな明るみが半月の夜だろうか。日が沈む夕方に空高く昇り、夜半へかけて西へ傾く。

そんな半月の光から外れて、と歌う心とはなんだろう。恋しい相手を月光の下で見てはいけないのだろうか。ほのかな月明かりからさえ一歩退いた歌いように、恋心そのものを大切に扱おうとする西行の手つきを感じる。

海人《うみんちゅ》の息子であれば少年は「弓張り月」という語をつかう　俵万智

てっきり古語かと思っていたら、沖縄ではいまも話し言葉で「弓張り月」というらしい。漁をする人にとって、月の満ち欠けは潮の動きを左右する一大事。大潮か、小潮か。漁の成否に関わり、生活のなりわいに直結している。

だとしても、古い言葉を島の子が当たり前のように口にしたら、びっくりしてしまう。そしておそらく、びっくりした瞬間に古いと思っていた言葉はいまもなお息づく言葉となって、聞き手の胸に時を超えて飛び込んでくる。当たり前に海と生き、当たり前に月の動きを気に留める人々の、生きた言葉の側にあらためて立つこの歌は、いのちに、暮らしに、しっかとまなざしを向けている。

夕月夜《ゆうづきよ》

夕方、日の光が弱まるにつれ、ほんのりと月の姿が浮かんでくる。それは、二日月から上弦の月のころまでのこと。二日月なら西の空に低く、上弦の月ならちょうど天頂あたりに。夕暮れに姿を見せる月は、早ければほどなく、遅くとも夜半には沈んでしまって、一晩じゅう照ることはない。ほの暗い夕空に、淡い月の光が浮かぶ情景を、夕月夜と呼ぶ。

昼からの客を送りて宵の月　曾良《そら》

十日余りの月《とおかあまりのつき》

十一日めの月のことを、十日余りの月という。また二十一日めの月は、二十日余《はつかあま》りの月と呼ぶ。それなら九日めの月は、十日足らずの月とでもいうのかと思ったら、そんな名前はないようだ。

九日の月がそらにかかっていました。そしてうろこ雲が空いっぱいでした。うろこぐもはみんな、もう月のひかりがはらわたの底までもしみとおってよろよろするというふうでした。その雲のすきまからときどき冷たい星がぴっかりぴっかり顔をだしました。

（宮沢賢治「月夜のでんしんばしら」より）

うろこ雲も、星も、まるで生きているように描かれている。これは月夜の晩に、でんしんばしらが行進する童話の冒頭。人の目を盗んで、こっそりと物たちが動きだす話は楽しい。物にも魂が宿っており、万物には神性が具《そな》わっている、というアニミズムの世界観は、賢治の童話によく親しむ。

夜中に歩きだすでんしんばしらはどんな連中かというと、行進のときにこんな歌を歌って聞かせてくれる。

ドッテテドッテテ、ドッテテド、
でんしんばしらのぐんたいは
はやさせかいにたぐいなし

（同）

この「ドッテテドッテテ」の、なんとも間の抜けたリズムは、読んでいるうちにいつのまにか脳裏にこびりついてとれなくなる。世界中のぐんたいが、これぐらいのんきだったらいいなあと思う。ユーモラスで、まぬけで、のんきで、真夜中にこっそり線路沿いを散歩する以外は、ずっと大人しくしてたらいい。

月見 つきみ

秋澄《あきす》むという言葉があるけれど、さえざえと澄みわたる秋の夜空に照りかがやく満月に、人は心を揺さぶられる。そして古来、名月を愛でる月見を、秋の楽しみとしてきた。丸く満ちた月の形は、豊穣の象徴でもある。月見にはもうひとつ、秋の豊作を祈り、収穫への感謝を捧げる農の祭事という意味もある。

こうしてその日、十五日に、
満ちている満月の夜に、礼拝し露地にいて生まれる、思い、すみやかに起こり、
そばにいて火のようにささやいている花
いずれは白い貝の色のようになる

咲く、　のきおく

（高橋正英「クレピト〔百花〕」より）

詩人でもあり、僧侶でもあり、祈ることを日々の営みとする人の言葉は、月を見ても、花を見ても、ごくしぜんに祈りの姿勢をとっていく。

祈りと詩とは同じものではないけれど、ふたつが近づくことはある。祈りは言葉の形をとらないことも多く、詩は言葉でありながら、言葉ではないものになろう、なろうとするものだから、たがいに近づき、重なりあうこともあるのだろう。日々のごはんがおいしいように、詩を書くことが楽しくてならず、毎朝しぜんに手を合わせて祈るのなら、詩と祈りとは並んで歩く、ひと連なりの営みになる。

月を見つけて月いいよねと君が言う　ぼくはこっちだからじゃあまたね

永井祐

夏目漱石は「I love you」を「月がきれいですね」と訳したというけれど、この歌では、帰り道で同じ方向になった同僚なのか、友達なのか、親しみを込めて話しかけてくる相手から、するりと逃れるようなふるまいが歌われる。

「月いいよね」と言われたら、なかなか否定しづらい。世間話ならなおさら。でも、たとえみんながいいと思ったとしても、月なんかどうだっていい、と思うこともある。隣りを歩く人にたやすくは心を開かず、円滑なコミュニケーションをする気にもなれないことだって、月と関わりなく、ちゃんとある。そんなひっそりとした心も忘れずにいたい。

待宵《まつよい》

旧暦八月十四日の月を、待宵という。

十五夜を明日に待ち望む、十四日の宵の月だから。

また十四夜月とも、十五夜の望月に対して、小望月《こもちづき》とも呼ばれる。

完全なものよりも、少し欠けたり、崩れたりしたものを好むのは、書道の草書や、陶芸の手びねりなどにも一脈通じていて、伝統的な感性に思われる。

もともと待宵というのは、月の名前ではなく、来てくれるはずの相手、ことに恋人を待つ宵という意味だった。月を待つことと、人を待つこと。ふたつの意味の間をゆらめく、夢二の詩をひとつ。

宵待草　竹久夢二

まてどくらせどこぬひとを
宵待草《よひまちぐさ》のやるせなさ
こよひは月もでぬさうな。

月も出ないというのだから、曇りか雨か。十四夜とはかぎらず、新月の晩かもしれない。好き、会いたいという思いが募るほど、会えないつらさをかみしめることになる。片思いに付き物のごくありふれた感情が、ほんの三行ほどで歌われるだけなのに、やわらかく心にしみる。

恋多き夢二の、無防備な恋心の吐露は甘美で、はかない。

やるせないといって月を引き合いに出すとき、詩としての美しさは増しながら、切実さは薄らぐ。会いたくても会えないつらさと比べたら、月なんて出ようが出まいが関係ない。ただ、待つつらさから目をそらして、ふと月のない夜空にため息をつく、というほどのこと。この詩は、そんなため息でできている。切実さより、ため息の美しさを表している。

十五夜《じゅうごや》

旧暦八月十五日の月のこと。中秋の名月。

中秋というのは、秋のちょうど真ん中の日という意味がある。旧暦では、秋は七月から九月までなので、八月十五日というのは、秋の折り返し地点。なので「中」秋と書く。

これを「仲」秋と書くと、八月のすべての月を指すことに。初秋は七月、仲秋は八月、晩秋は九月を表す言葉。

月の満ち欠けの周期は、およそ二十九・五日だから、日にちがずれて、十五夜が満月にならないときも珍しくない。いまでは秋の月見は、満月かどうかにかかわらず、旧暦八月十五日の月を愛でることになっているが、昔は秋分にほど近い満月を眺めていたとか。

ちょうど旬の里芋のようにまん丸いから、芋名月という別名もある。

名月やマクドナルドのMの上　　小沢麻結

今日の月《けふ（きょう）のつき》

中秋の名月を、俳句の世界では、今日の月と詠むことがある。また今宵の月、月今宵《つきこよい》とも。

花といえば桜、今日の月といえば十五夜というように、ある世界観を背景に持つ言葉。句にふれれば、なるほどたしかに、今日の月といわれると十五夜のことだと伝わってくる。

十五から酒を呑《のみ》出てけふの月　宝井其角《たからいきかく》

けふの月長いすゝきを活けにけり　阿波野青畝《あわのせいは》

雨月《うげつ》

せっかくの月見なのに、曇って見えない、雨降りで台無し、と天気に泣かされることがある。曇りの十五夜を無月《むげつ》、雨の十五夜を雨月といって、それもまたひとつの月見だと風情を感じたものだった。そんな月を隠す雨を、月の雨という。また、雨月のことを、雨夜《あまよ》の月、雨名月《あめめいげつ》などと呼ぶことも。やせがまんのようにも思えるけれど、風流にとってはやせがまんも大事かもしれない。

酒なしの雨月などある筈もなし　星野麥丘人《ばくきゅうじん》

言われてみればそのとおり、の句。月を眺めるでもなく、ぼんやりと家にいて、そのうえ酒もないとなったら何が楽しいのだろう。月の雨に盃を傾けるのもまた一興、とうそぶきながら飲むからこそ、酒もうまいし、雨月も楽しい。

雨雲のはるか上には、十五夜の月が照っている。たとえ曇りだろうと雨だろうと、満月のとき、海は大潮を迎え、潮の満ち引きが大きくなる。それは月が地球の海を引っ張る引力が強まるせい。人の体もおよそ六割は水分だから、わずかにせよ影響を受けているかもしれない。

十五夜の月は美しく、夜空が晴れていたなら、きっと人の目を釘付けにするにちがいない。けれど雲に隠れて見えなければ、そっと目を閉じて、見えない結びつきに意識を向けるいい機会になるんじゃないだろうか。目には見えなくても引力によって、月と体は結びついているんだと、宇宙と自分とのつながりに想像の羽を広げるには、雨月や無月はうってつけの夜だ。

満月《まんげつ》

人それ〴〵書を読んでゐる良夜かな　山口青邨《せいそん》

月が明るくきれいな夜を、良夜《りょうや》という。俳句では、中秋の名月の晩のこと。

都会の喧騒を離れて暮らすと、風もない夜、辺りの木々がざわめいているように感じることがある。空を見あげて、満月が昇っているのを知ると、ああ、やはり、と腑に落ちる。そんな晩はなにか胸さわぎがしつつ、満月のせいだな、と思うとすんなり納得してしまう。

甘い酒ばっかり飲んでいる人のキスを振りほどいたら満月

岡崎裕美子

帰り道を歩いていて少しひらけた場所に出たとき、ぽっかりと空に浮かぶ丸い月が目に入り、そこで初めて今夜が満月だったと気づくことがある。それとどこか似ている気がするのだけれど、キスを振りほどいたら満月だったというのは素敵で、ちょっとユーモラスだ。

睦みあう男女のひとときに、こうして月が現れるのは偶然の成りゆきで、なんの脈絡もない。その脈絡のない月が目に入るとき、それを見ている人にとってだけ、脈絡めいたものが生まれることもあるだろう。満月というのは、時にハッと人の心を捕える。このあと二人はどうなったんだろう？　と思う気持ちも月に捕えられてしまったように、話はもうきれいに済んでいる。

二夜の月　ふたよのつき

十五夜と並んで、二夜の月と称されるのが、旧暦九月十三日の月、十三夜《じゅうさんや》。十五夜の翌月なので、後《のち》の月と呼ばれる。

『源氏物語』の夕霧の巻に「十三日の月のいとはなやかにさし出でぬれば」とあることからも、十三夜の月見が平安時代には行われていたことがうかがえる。延喜《えんぎ》十九年（九一九年）に、醍醐《だいご》天皇が宮中で宴を開いたのがはじまりとも。

月ぬ美《かい》しゃ

月ぬ美しゃ　十日三日《とうかみいか》　　月が美しいのは十三夜
女童《みやらび》美しゃ　十七《とおなな》つ　　乙女が美しいのは十七歳
ほーいちょーが

この歌は、十三夜をたたえる沖縄の民謡。三線《さんしん》の音色とともに、のびやかな歌声に聴き入りながら眺める南国の月夜は、じんと心にしみる。

まん丸より少し欠けた十三夜の月の形は、秋の収穫になぞらえて、豆名月、栗名月とも呼ばれる。豆や栗の実りに感謝する農の祭事的な意味があるのは、十三夜も十五夜も同じ。

恋人同士がいっしょに十五夜の月見をしたのに、十三夜を見逃すと、片見月《かたみづき》（または片月見《かたつきみ》）で、野暮とされた。一説によれば、十五夜をともに眺めた遊女が、来月も会いに来て、と十三夜の月見を口実に男と約束を取り交わしたのが由来とか。

人生を棒に振らうよ月ひとつささやく方に杯をかざして　　黒瀬珂瀾《くろせからん》

月の光は、人の心を惑わすという。名月なら、なおのこと。月光に酔い、酒に酔って一生を無為に過ごすのは、意味のない、酔生夢死《すいせいむし》といわれるだろうか。それの何がいけないのかと歌はささやく。

今宵は旧暦の十三夜、旧弊なれどお月見の真似事に団子《いしいし》をこしらへてお月様にお備へ申せし、これはお前も好物なれば少々なりとも亥之助《いのすけ》に持たせて上《あげ》やうと思ふたれど

（樋口一葉「十三夜」より）

（今夜は旧暦の十三夜、古い慣習だけれどお月見の真似事に団子をこしらえてお月さまにお供えして、これはお前も好物だから少しだけでも亥之助に持たせてあげようと思ったけれど）

明治の世には、男女の間に理不尽なことも多かった。いまはどれだけ変わっているだろう？冷酷な夫に耐えかね、離婚覚悟で実家に帰ってきたお関に、そうとは知らない母親が、今日は十三夜だから月見団子があるよ、とやさしく語りかける場面だ。

十三夜のことを「旧弊なれど」と、この時代から言っていたのかと驚かされる。江戸から明治への激動期を生きた人々にとっては、それまでの慣習を古きものとしてばっさり切り捨てなくては、という感覚が、いまから想像する以上に強かったのかもしれない。だとしたらなおさら、好物の団子を子に食べさせようとする母の心がせつなく伝わってくる。

三月見《さんつきみ》

旧暦十月十日の十日夜《とおかんや》の月見を、十五夜、十三夜と合わせて、三《さん》月見《つきみ》という。

この十日夜は、主に関東以北に見られ、農の祭事の色合いが強い。このころまでには稲刈りが済んで、田の神さまが山に帰るという。田の神さまの好物である餅をつき、こどもたちは藁の太縄で地面を叩いて、地中のモグラを追い払う。静かに月を眺めて風流を楽しむより、田の守り神への感謝の気持ちから、あれこれの行事ごとをする日。

とおかんや　とおかんや
とおかんやの　藁でっぽう
夕めし食って　ぶっ叩け

下り月《くだりづき》

満月を過ぎて欠けていく残りの半月間は、もうピークを過ぎてしまったさみしい時期にすぎないだろうか。一月《ひとつき》の後半に連なる言葉を眺めていると、そうは思えない。むしろ、月夜の時間をゆっくり楽しもう、という雰囲気をたたえているかのよう。

満月から新月へ欠けていく間の月を、下り月という。また、望《もち》くだりという別名も。

十六夜 いざよい

十五夜の翌日の月を、十六夜という。

「いざよう」とは、ためらう、たゆたう、といった意味。満月よりもやや月の出が遅れることから、出るのをためらっている月＝いざよう月、から名づけられた。

既望《きぼう》という別名もあるように、既に望月を過ぎた月、すなわち真円よりやや欠けた月の形を指す。ただ、暦の上では十五夜と満月がずれて、十六夜が満月になることもしばしば。

この十六夜を、十五夜より美しいと見る向きもある。満ちたところから少し欠ける姿を愛でるのは十四夜月にも通じるけれど、すでに盛りを過ぎたあとの月という、やや侘《わ》びた風情は十六夜ならではのもの。

立待月 たちまちづき

月が出るのを立ちながら待つという、立待月。十七夜の月は、十六夜よりまた少し月の出が遅くなる。

立待の夕べしばらく歩きけり　片山由美子

俳句では、旧暦八月十七日の月のこと。立待月が出るか出ないかというころは、およそ夜の七時ごろ。日が暮れてから、月が出るまで、少し間がある。

夕闇に月光が混じり込むような時間に、月を心に留めながら歩くのは、明暗のあわいを行くようなものかもしれない。しばらく歩いていれば、だんだん月が高くなり、道が明るむだろう。

居待月《いまちづき》

小説の男とあそぶ居待月　井上雪

立って待つ翌日は、居間に座って待つ。居待というのは、座して待つという意味。十八夜の月のこと。

月夜に座して待つというと、中島みゆきの「悪女」を思い出す。失恋の気配を感じつつ、男から別れ話を切り出されるのを待つ女の歌。「月夜」というだけで、どんな月かは歌われない。満月かもしれないが、十八夜の月夜だとしてもおかしくはない。むしろそのくらい月の出が遅いほうが、歌のイメージと合っているようにも思える。

悪女になるなら　月夜はおよしよ
素直になりすぎる
隠しておいた言葉が　ほろり
こぼれてしまう　イカナイデ
悪女になるなら
裸足で夜明けの電車で泣いてから
涙　ぽろぽろぽろぽろ
流れて　涸れてから

（中島みゆき作詞「悪女」より）

「裸足で夜明けの電車で泣く」というのがどういうシチュエーションなのか、初めはよくわからないで聴いていた。ただ、歌詞を言葉どおりに受けとって、わからないことはわからないままでも、歌から伝わってくるものがある。

どうしてなのか訳は知らないが、夜明けの電車で女の人が泣くのだという。泣くだけ泣いて、涙が涸れたら、そこで初めて悪女になれるという。そう聞いてもわからない。わからなくても感じるものがある。歌はそれで十分にいい。詩はそういうものだと思う。わかることは大事じゃない。無理にわかろうとしなくていい。それでもちゃんと伝わってくるし、そのためだけにきっと歌われるのだから。

寝待月《ねまちづき》

座して待つ居待月から、さらに寝て待つくらい、のんびりとした月の出が、十九夜の寝待月。臥待月《ふしまちづき》ともいう。

月の出は、およそ午後九時ごろ。電灯のない昔であれば、もう床に就いておかしくない。うとうとしかけたところで、東の空に浮かんでくる。

蘭の影二つより添ふ寝待月

水原秋桜子《しゅうおうし》

更待月《ふけまちづき》

二十日の月は、夜更けにようやく昇る月。午後十時ごろが月の出で、昔ならじゅうぶん夜も遅い。この午後十時が亥《い》の刻《こく》にあたることから、亥中《いなか》の月、二十日亥中《はつかいなか》とも。

十六夜から五日間の月の名前をこうして並べてみると、いつごろ月が出るかによって名づけられているのが印象的。下弦の月が間近となり、更待月の月明かりは、ほのほのと弱い。

紺青の海に光をとかしつつ我を追ひ来る更待のをり

吉本理江子

これは二〇一五年の短歌甲子園で詠まれた歌。なぜか十代のころ、時々刻々と周りの物事はつねに変わっていき、自分もその流れから取り残されないように急がねば、という思いにつきまとわれた。焦燥感の正体は、受験を控える気の重さだったかもしれない。身のうちに昂《たか》ぶる体力やエネルギーが抑えきれず、心にまで働きかけていたのかもしれない。「我を追ひ来る」という言葉に目がとまり、歌の文脈から逸れて、そんなことを思った。

夜も十時ごろ、水平線から昇る月。東の低い空からの光が、海面にやさしく跳ねてはとけていたのだろうか。月は人を追いかけない。追われていると感じるとき、その人の目にだけ、月が追ひ来るもののように映る。そんな心情をにじませる歌いように、若い日の自分の、どこか切羽つまった感覚を思い起こさせられた。

下の弓張り月

しものゆみはりづき

満月を過ぎ、二十三日めごろにまた訪れる半月を、七日めの弓張り月に対して、下《しも》の弓《ゆみ》張《は》り月《づき》という。下弦《かげん》の月のこと。

それにしても、どうして七日めの半月が「上」弦で、二十三日めは「下」弦なんだろう？　新月から満月に満ちるまでが上《のぼ》り月《づき》、満月から新月に欠けるまでが下《くだ》り月《づき》だから、上り月の半月を上弦、下り月の半月を下弦というのだとか。

宵闇《よいやみ》

日が暮れてから、月が出るまでの暗さ。

とくに夜長になる秋から冬にかけての、月明かりのない夜の闇をいう。

街灯がなかった時代には、夜の明かりといったら、月の光。ああ、日が沈んだな、月はまだかな……と待つともなく過ごす、ひとときの暗がり。

でも三日月だと、夕暮れに西の空の低いところに見えたかと思うと、太陽のあとを追ってすぐに消えてしまう。かと言って上弦の月じゃ、夕方にはとっくに南の空の高いところに昇っている。つまり上り月のうちは、日の入り前に月が出ていて、宵闇にならない。

宵闇は、満月を過ぎた下り月のころのこと。十六夜も、寝待月も、下の弓張り月も、ちゃんと日が沈むのを待って、それから東の空に現れる。

また、夕闇と似た意味で、宵闇という言葉を使うこともある。宵の口のころの薄暗さのこと。

すた〳〵と宵闇かへる家路かな　飯田蛇笏《だこつ》

暁月夜《あかときづくよ》

暁だからまだ暗い明け方の空に浮かぶ月が、暁月夜だ。

有明月《ありあけづき》ともいう。有明とは夜明けのこと。夜が明けて白んできた空にほのかに浮かぶ月は、朝月夜《あさづきよ》、残る月、残《のこ》んの月などとも呼ばれる。

十六夜よりあとの月は、明け方の空に出る。ただ、二十七、二十八夜めともなると、ほっそりした薄い月が、つかのま東の空に見えるほどにはかない。

あけがたの月光濾過器をかたづけるひかりおえたのたしかめてから　吉岡太朗

淡い月の光を消し去って朝が来るさまを、月光濾過器《ろかき》というふしぎな言葉でたとえている。月光を濾過する機器ってどんなだろう？　月の出と日の出の時間差から生まれる暁月夜の光景を、この人は自然現象として素直には受けとらない。どこか演劇的に、セットを切り替えたら朝が来た、とでもいうように世界をフィルターごしに捉えずにいられない必然性が、きっとこの歌人にはあるんだろうと思う。それがしん、と胸に来る。このように歌うことで初めて言い表される、あけがたの感覚がたしかにあり、この歌は得がたい。

生きる上で、朝は必ずしも明るい希望の時間ではないし、まして月光のひかりおえようとするあけがたに起きている者にとっては（それが長かった一日の終わりか、人より早い一日のはじまりか、どちらにしても）すれすれの切実さがあっておかしくない。

星月夜《ほしづくよ》

月が昇らない夜、星だけがまたたいている。そんな満天の星が、まるで月夜のように明るんでいるさまを、星月夜という。

とはいえ、月ほどの明るさはなく、あまりの星の数々に圧倒されて生まれた言葉でもあるだろう。俳句では、秋の星空を指す季語として扱われるけれど、いつの季節にも、人が飲み込まれそうなほどの星月夜に、出会えるときは出会える。

いつかの夏の日、星月夜にかかる天の川の星々に吸い込まれるように見入ったのを思い出す。


妻二夕夜《ふたよ》あらず二夕夜の天の川　中村草田男《くさたお》

二晩妻が家をあけた。その二晩に天の川がかかっていた。と、こう意味をなぞってから、あらためて句を眺めてみる。なにかいわく言いがたい。意味以外のものが、句から浮かびあがってくる。ふだんの夫婦生活と勝手がちがう拍子抜け感だろうか？　独身気分で夜空を見あげたのだろうか？　それとも単純に寂しいのだろうか？　妻恋しさなのか？　そんな受けとりかたもいろいろでいい。それもまた歌から読みとる意味のようなものにすぎない。

この句全体が「あ・う・お」の音でできていて「い・え」の音がひとつもない。とくに「夕夜の天の川」は「あおおあああおああ」と連なる朴訥な音韻でできている。そうした朴訥さも効果に含まれているのかもしれないが、ただ言葉としての「二夕夜の天の川」が、ぽつりとそこにあるのが何度でも目に飛び込んでくる。それがふしぎだとつくづく思う。意味や気持ちや詠嘆を書くだけなら、五七五といわずいくらでも好きに書けばいい。それをあえて十七音で作る句は、意味とも気持ちともまたべつの、句としかいえないものだ。ぽつりと置かれた言葉が、そのままこちらの内面に入ってくる。

三十日月　みそかづき

三十を「みそ」とも読むことから、三十日を「みそか」という。転じて毎月の末日をいうようになった。晦日と書いて「みそか」。

旧暦の一か月には、三十日まである大の月と、二十九日までしかない小の月がある。どちらも末日を（二十九日でも）「みそか」と呼んでいる。また月が欠けて隠れるのを、月が隠《こも》ると見なして、月隠《つきごも》り、縮めて「つごもり」と呼んだりもする。

そんな一か月の終わりの三十日月は、もう新月だ。

ちなみに大晦日《おおみそか》は一年の末日だから、「大」みそかという。旧暦では三十一日がないので、旧暦十二月三十日を大つごもりとも呼んだ。その前日の旧暦十二月二十九日は、小《こ》つごもり。

どこを風が吹くかと寝たり大三十日　小林一茶

大晦日も正月も、ほかの日と変わらない一日だと、構えず、騒がず、どこ吹く風で寝てしまった。斜に構えた句だけれど、そんな目線を忘れたくない。一茶の心境がどうだったかは知らないが、ともに過ごす相手のいない年などは、一人暮らしの身にとって、近所の寺から聞こえてくる除夜の鐘ぐらいしか行事ごとと関わるなにもなかった。

家族と過ごし、年越しのめでたさを味わうのは、もちろん素敵なことだけれど、ごろんと横になって寝てしまいたい気持ちもある。

大みそかの渋谷のデニーズの席でずっとさわっている一万円　永井祐

大みそかが、ただの一日だとしたら、一万円は、ただの紙にすぎない。この歌の中で、渋谷も、デニーズも、ここでなければいけないという場所のようには見えない。あくまでそう見えないだけで実際はわからないけれど。この感興のなさが大事に思える。一茶の句が見ているところと、永井祐の歌が見ているところは、そう変わらない。

さっさと寝てしまうにしても、にぎわう街でずっと一万円をさわっているにしても、大晦日だからこそ句や歌にするし、句や歌になる。そこがせつなく、人一人そこにいる感じがとてもする。

和風月名　わふうげつめい

旧暦では、一月から十二月まで、それぞれの月（暦月《れきげつ》）にさまざまな別名がある。それを和風月名という。

睦月　むつき

旧暦一月の睦月。語源についてはいろんな説があるけれど、新年のあいさつにおたがいに行き来して、仲睦まじくする時期だから、昔は睦《むつ》び月《つき》と呼んだそう。それがちぢまって「むつき」（睦月）になったとか。

一月の川一月の谷の中　　飯田龍太《りゅうた》

川が流れている。一月の川だ。その川が流れる先で、谷へと流れ込んでいく。ああ、もう川は谷の中にある。一月の谷の中に。

あたかも川と一体になったかのように言葉に写そうとする句だと思う。でもそんなことはできない。できないのに詠んでしまう。できないはずが、川との一体感の、ほんのちょっと何かが、五七五の中に入り込む。そういうふしぎなことが、一見当たり前のような言葉となって時々生まれることがある。

如月《きさらぎ》

旧暦の二月の別名。衣を重ね着して過ごす寒い時期のことなので、衣《きぬ》を更《さら》に着《き》ると書いて「衣更着《きさらぎ》」。転じて、如月に。
草木の若芽が萌えだして、萌《きざ》しの揺らぐ月だから「きさゆらづき」が「きさらぎ」になったとも、草木が更新して新たないのちを芽吹く意味の「木更月《きさらつき》」が転じたともいわれる。

詩に痩せて二月渚をゆくはわたし　三橋鷹女《みつはしたかじょ》

詩に痩せて、渚の風にさらされても、最後に「ゆくはわたし」という字余りとなって言葉があふれる。そのあふれる調子がたくましさとなり、己を見つめる覚めた目とともに、句を成り立たせているように感じる。早春の寒さにも負けずに芽吹く、新たな木の芽のように。

弥生《やよい》

旧暦の三月のことを弥生という。「いやおひ（弥生）」が転じたものだそう。もとは草木《くさき》弥生月《いやおひつき》といったとか。暖かくなってきて、草木が葉を伸ばし、花を咲かせはじめるころという意味。たしかに旧暦で三月なら、およそ新暦の四月で春の花の盛りだろう。桜の見頃も、寒の戻りも、春の天気は行きつ戻りつ。

うすければ青くぎんいろに
さくらも紅く咲くなみに
三月こな雪ふりしきる

（室生犀星「三月」より）

卯月《うづき》

卯の花が咲く月、転じて、卯月に。旧暦四月のこと。と思ったら反論もあって、卯月に咲くから卯の花なのであって、卯の花は卯月の語源ではない、とも。

十二支で「卯」は四番めにあたるから、卯月は四月なんだとか。はたまた田植えの「植月《うつき》」からだとか。「う」は「初《うい》」や「産《う》」につながる音であり、いのちの生まれ初めの月として四月を「うづき」と呼ぶのだとか。

四月馬鹿傘さして魚買いに行く

有働《うどう》薫《かおる》

フランスではエイプリルフールを「四月の魚（Poisson d'avril）」というそう。なにか気の利いたうそでも言ってみようかなんて、そんなことは気にせず、傘をさして魚を買いに行くのはいつも通りのことのよう。ユーモラスな語感の中に、ふしぎな明るさを帯びている。

皐月　さつき

旧暦の五月。早苗を植える月だから、早苗月《さなへつき》。転じて、皐月に。あるいは、旧暦五月が新暦六月の梅雨どきにあたり、雨月《さめつき》から皐月になったとも、「さ」は耕作を表す言葉で、田植えの時期だから「さ」の月＝皐月だともいう。

二十才　僕は五月に誕生した
僕は木の葉をふみ若い樹木たちをよんでみる
いまこそ時　僕は僕の季節の入口で
はにかみながら鳥たちへ
手をあげてみる

（寺山修司「五月の詩」より）

さわやかな新緑の季節という五月のイメージと、自身の誕生とが重ねて語られる。たしかに五月は、誕生の詩と合う。若い樹木は生命力に満ち、木の葉を生い茂らせるころだし、たくさんの夏鳥が姿を見せ、梢でさえずる時期でもある。

そんな生命への祝福の言葉が、この詩の主旋律のよう。「はにかみながら」とあるけれど、むしろ率直な歌いように感じられて、それも詩に勢いを与えている。まっすぐに伸びる時にはまっすぐに伸びるのがいいと、青春を謳歌する言葉が清々しく響く。

水無月《みなづき》

暑さで水が涸れるから、梅雨どきで天の雨水がからっぽになったから、水無月《みずなしづき》なんだというけれど、どうなのだろう?

旧暦六月（新暦の七月ごろ）は田んぼに水を引き入れる時期だから、水の月という意味で、もとは水月《みなづき》だったとか。

I like New York in June, how about you?
（六月のニューヨークが好き。君はどう?）
I like a Gershwin tune, how about you?
（ガーシュウィンの曲が好き。君はどう?）

（ハリー・ニルソン作詞「How About You?」より）

一九九〇年代初めの映画『フィッシャー・キング』のテーマソングとなった歌。自分の好きなものを相手に教えることは、人が人に心を開くための最初のきっかけになれる。この歌は、そんな大事な秘密を告げるかのよう。

文月《ふみづき》

旧暦七月の別名、文月は「ふみづき」とも「ふづき」とも読む。新暦では八月のころ。

昔は七夕のとき、短冊に詩歌の文をしたためたからとか、稲が穂をつける穂見月《ほみづき》が転じたとか、由来についての説はさまざま。

雨が声あなどると七月が来る　田島健一

雨のあとに訪れる七月といえば、梅雨明けの新暦七月が思い浮かぶ。この句はそう受けとるのが素直なところだろう、と思いつつ……。

かつて暮らしに親しまれていた旧暦には、一年を七十二のこまやかな季節に分ける七十二候《しちじゅうにこう》という暦があった。その七十二候では、「大雨時行る《たいうときどきふる》」という季節が立秋の手前で訪れる。時々ザーッと土砂降りにあうころという意味で、夕立ちの候。ちょうど旧暦七月に差しかかる時期になる（新暦では八月上旬ごろ）。

仮に「雨が声」をそんな夕立と読むなら、「七月」も旧暦で受けとれないだろうか。晩夏の大雨が行き、立秋を迎え、気づけば文月、もう秋が来ている、と。

ふしぎなのは「あなどると」。文字のならびをじっと見つめるうちに、べつな単語にも思えてくる。いったいなにをあなどると七月が来るのだろう？　べつだん来て困ることもないはずだけれど、あなどると、と言われたら気をつけなくちゃと思ってしまう。でも、なにに気をつけたらいいのか、とんとわからない。そしてやっぱり七月が来てしまう。

葉月

はづき

葉月は、古くは「はつき」といったそう。旧暦八月の異称で、葉落《はお》ち月《づき》から来た名前とか。新暦でいうと、九月から十月上旬のころにあたり、葉が落ちはじめる時期だから、と。

八朔《はっさく》や徳利の口の草の花　　小林一茶

八朔というのは、旧暦八月朔日のこと。野分（台風）が来やすい厄日といわれ、風が荒れないように、秋の田んぼの実りを祈る行事がこの日に行われた。
同じ一茶の句に「八朔や犬の椀にも小豆飯」というものがあり、小豆の飯を供えたようすがうかがえる。徳利を花器にして草の花を生けるのも、祈りの形。あらたまって大仰な花や花瓶を持ち出すより、むしろ生活の道具に道端の草花を添えて祈る姿に、すんなりとした素の心が感じられる。きっと花の姿もかわいらしかったにちがいない。

長月《ながつき》

夜長月から転じて、長月なのだとか。旧暦九月は、新暦の十月から十一月にかけてのころ。秋分を過ぎて、すっかり昼よりも夜が長くなった時分のこと。

旧暦五月の梅雨と、九月の秋雨を指して、折口信夫は長雨の季節に「ながめ」という物忌《ものい》みの慣習があったという。長月の「長」は、そんな忌み慎む「ながめ」に通じるものかもしれない。

長月の今日のひと日の紅を恋ふ　池内友次郎

旧暦九月は、紅葉月《もみじづき》とも呼ばれる。「紅を恋ふ」とは、そんな紅葉のことだろうか。山々がしだいに色づく季節。

神無月《かんなづき》

巷には、全国の神さまたちがみんな出雲に出かけてしまって、地元を留守にするから、旧暦十月は神さまがいない神無月だといわれる。出雲のほうでは、神さまが大集合するので、神在月《かみありづき》という。そんな神無月に吹く西風は、神々を出雲へ送る風、神渡し。

とはいうものの、神無月も水無月と同じように「無」を「の」とも受けとれる。そうすると、神の月、神祭りの月とも解せる。ぶじに稲刈りが済んで、作物を神さまに供えることから、神嘗《かみなめ》月《づき》だとする説もある。神嘗は、神さまに捧げるごちそうのこと。それと、小春というのも、旧暦十月の別名。小春日和の小春。時々春のようにぽかぽかした陽気の日が続くから。

十月は小春の天気、草も青くなり、梅もつぼみぬ。
（十月は小春日和で、早くも春の支度をする。草も青々として、梅もつぼみをつける）

（吉田兼好《けんこう》『徒然草』百五十五段より）

『徒然草』の一節で吉田兼好はこう言う。季節の移ろいというのは、一つの季節が終わってから次の季節がはじまるというものではない、と。春はすでに夏の気配を孕《はら》み、夏のうちから秋は進んで、秋なのにもう寒くて冬のようだ、と。そうした話の中で、十月には春の支度《したく》がはじまるよ、と小春日和をたとえに出している。

霜月

しもつき

霜の降りる旧暦十一月は、その名のとおり霜月。また、ものがしおれて傷むことを表す「しもげる」という古語があるらしい。その「しもぐる月」が転じて「しも月」とも。

霜月やこふのつくつく並びゐて

山本荷兮《かけい》

「こふ」はコウノトリのこと。つくつく並んでいる、という情景の表しかたがかわいらしい。冬枯れの風景にあって、鳥は目をなごませてくれる。そのしぐさを見ているだけで、あたたまる思いがする。

師走《しわす》

師は僧のこと。お経をあげにあちこちせわしなく御坊さんが走りまわるから、旧暦十二月を師走という。一年の仕事を納めて「なしはつるつき（成終月）」、あるいは年末の「としはつる（年果）」から「しはす」とも。

さて、師走も終わりにさしかかるころには、仕事納めを済ませ、帰省がはじまり、いつもより町がしんと静まって感じられる。そんな気配とともに、一年の終わりを徐々に実感しだして、自身の一年の歩みをふりかえってみたりする。

すれ違ふことのない木々十二月　　藤井あかり

木々は枝を交わしはするけれど、木と木がすれ違うことなんてない。それをあらためていわれると、当たり前のことが当たり前ではないような気がしてくる。

すれ違わないことは安心だろうか。すれ違うことさえないのは不幸だろうか。おそらく木々はそんなふうに思わない。立っている木々を見る人のほうにこそ、思いは去来する。十二月の木々を見て、思い、句が生まれる。その句のおかげで、十二月の木々の姿がよりくっきりと見えてくることがある。

月をめぐる情景

窓の向こうに月が見えると、うれしい。夕暮れにうっすら淡く白い光を浮かべる月も、とっぷり暮れた夜空にこうこうと輝く月も。月の満ち欠けの姿にさまざまな名前があるように、その時々で異なる姿を見せてくれる月の情景にも、さまざまな言葉がある。

月渡る《つきわたる》

夜空を東から西へと月が渡っていくことを秋の季語で、月渡る、という。

ただ夜を送っているうちにゆるゆると月が移動しただけなのに、ふしぎなもので、月の位置が東の空から西の空へと変わっているのに気づいて、しみじみと時の経過を感じることがある。月渡る、というと、そんなゆるやかな秋の夜長を思い浮かべてしまう。

京都の渡月橋《とげつきょう》は、この言葉のイメージをふくよかに表した、いい名前だと思う。では、名前もひとつの詩なんだろうか？　と問いたくなる。まだ名を持たないなにかに言葉を探しあてる名づけには、どこか詩作と似たところがある気がする。
月が沈むことを秋の季語で、月落つ、という。月更《つきふ》くる、も同じ意味。

四五人に月落《お》ちかゝるをどり哉《かな》　与謝蕪村

盆踊りの踊り手も、月が沈みかかる夜更けには減っていき、四、五人になっている。旧暦で盆の行事をしていたころは、七月十五日には十五夜の丸い月が昇った。月が沈むのは明け方なので、落かゝるというと夜も相当深まっている。それでも踊りやめない。夜通し踊る。あの世からわざわざ来てくれた先祖の霊をもてなさなくちゃと、はりきって。

汐干　しおひ

振袖を背中に結ぶ汐干《しおひ》哉　正岡子規

汐干というのは、潮干狩りのこと。新月や満月の日は、大潮といって、浜辺に潮が大きく満ちて大きく引くので、干潮には遠浅の浜が現れる。うってつけの潮干狩り日和だ。

沖縄や奄美では、潮が大きく引くと、ずっと向こうまで広々とサンゴの浜が干上がる。島の冬の夜に明かりをかざして、サザエなどの貝やタコなどを採る潮干狩りのことを、夜イザリという。

月影《つきかげ》

影といっても暗がりではなくて、月明かり、月光のこと。昔は光のことを影といった。光の明暗どちらも含めて、影。強い光ではなく、ゆらめき陰影をたたえる光。

月影の銀閣水を飼ふごとし　藤村真理

月影にはもうひとつ意味があり、月の光に映しだされたものの姿、形をいう。銀閣寺が月に浮かびあがるさまは、水を飼うようだと詠む。光には波の性質と粒子の性質とがあるけれど、月の光を受けて、波打ち、しぶきを跳ねあげるさまを、まるで光が水のようだと見たのだろうか。月下の情景は、カメラをスローシャッターにして撮ってみたい。光を集められるだけ集めて写したとき、水を飼う寺はどれほどの月光をまとっていることだろう。

月光を胸に吸い込む少女かな　清水昶《あきら》

ゆらめきたつような光が見えるよう。そんな光の淡さは息ともなり、胸に吸い込むこともできる。この句のつかみとった情景は、月と少女という強力な取り合わせにさらに鮮烈なイメージを呼び込んでいる。いちど読んだら、忘れがたい。

月虹《げっこう》

夜、月の光に浮かぶ淡い虹を、月虹という。「つきにじ」とも読む。昼の日射しを受けて現れる虹のように七色に光るわけではなく、ほのかに白く浮かびあがることから、白虹《はっこう》とも。

ハワイでは、先祖の霊が月虹を渡って祝福しに来てくれるといって、幸せの兆し、人生の転機などといわれる。もし月虹に出会えるとしたら、満月の晩、あるいはその前後の待宵か十六夜の晩が、もっとも可能性が高い。

幻月《げんげつ》

まれに、月の左右にぼんやりとした光が見えることがある。うっすらと上空をおおった巻層雲《けんそううん》が光の屈折作用によって生みだされる現象。月かな、と思ったら、本物の月はべつにあり、幻にすぎないので、幻月という。

月一輪星無数空緑《つきいちりんほしむすうそらみどり》なり　　正岡子規

月が一輪、といっても月虹がかかったわけでも、幻月が現れたわけでもないけれど、この句に幻想的なものを感じてしまう。

無数にまたたく星空で、月の周りだけひときわ明るく、星は息をひそめる。月だけが一輪照っている。その輪の外に、星明かりがある。夜空は緑。ごくありふれた月夜の光景のはずなのに幻想的なのは、宇宙の謎を、目を丸くして覗き込むようなまなざしのせいではないだろうか。漢字がずらりと並ぶ字面そのものが、一体全体摩訶不思議なり、とでもつぶやくよう。

あくまで見たままを写した言葉、なのに句の情景は月虹にも幻月にもひけをとらない。

木の下月夜《このしたつきよ》

木々の枝葉の間から月光がこぼれ落ちてくるさまを、木の下月夜という。「このしたづくよ」とも。

夜、並木道を歩いていて、木の枝葉ごしに空を見るともなく見あげると、葉と葉のすきまから月光がきらきらと垣間見えることがある。月明かりって意外とまぶしいんだな、と葉陰ごしにも月の居所がはっきりわかることに驚いたりする。

夏の日射しがくっきりと光と影のコントラストを強くして、木の下に濃い闇を作るのとは趣が異なる。秋の月明かりがこぼれ落ち、木の下の夜の暗がりをほんのり明るませるほどのこと。

月に叢雲、花に風

つきにむらくも、はなにかぜ

月を眺めれば、雲の群れがかかって見えず、花が咲いたかと思えば、風に吹かれて散ってしまう。いいことには、とかくじゃまが入りやすく、長続きしないものだ、ということわざ。野暮だねぇ。

月夜烏は火に祟る

つきよがらすはひにたたる

もう夜なのに、月夜だからと浮かれて鳴く烏のことを、月夜烏と呼ぶそう。それが転じて、ほいほいと浮かれ、夜遊びに出かける人を意味するようになった。

月夜烏は火に祟る、という迷信があって、月夜に烏が鳴く晩は火事に気をつけて、という意味。

月白

つきしろ

月が昇ろうとして、東の空がほのかに白んでくるさまを、月白という。

この月白を「げっぱく」と読むと色の名前で、薄く青みがかった白をいう。月白《げっぱく》という名の日本酒があって、とてもきれいな味がする。

月白の道は雲南省となる

とあるのは、私の駄句。月白とは、いま月が出ようとするときの空のしらみのことで、逃げまどう中国兵を追うて、はじめて雲南省に足をふみ入れたときの感懐である。

（丸山豊「雲南の門」より）

丸山豊の『月白の道』という随筆集から。戦時中、丸山は軍医として戦地に赴いた。この随筆の後半では、初めて人間をあやめたときのことが語られる。農夫か兵隊か定かでない相手が、止まれというのも聞かずに近づいてくる。

「かれは相かわらずの速度で私によってくる。私は発射した。私は生まれてはじめて、この手で人間をあやめた」（同）

心に重くのしかかる罪の意識の告白だろう。この本の冒頭で、丸山はこう書いている。

「私たちはおたがいに心の虫歯をもっていたほうがよい。ズキズキと虫歯がいたむたびに、心のおくの一番大切なところが目ざめてくる。でないと、忘却というあの便利な力をかりて、微温的なその日ぐらしのなかに、ともすれば安住してしまうのだ。」（「虫歯」より）

彼にとって、月白の光景も、雲南での日々も、心の虫歯だったにちがいない。

いまの世の中でも、忘却だけでなく、記録の改ざんや歴史の修正といった力までが便利に使われている。人間とは、心の虫歯の痛みに耐えていけないものなのか。たとえ心のおくの一番大切なところにフタをしてでも、微温的なその日ぐらしのなかに安住するほうがましなのだろうか。楽になる道を選ぶこともできたはずだけれど、そちらの道をけっして選ばず、丸山は月白の道を選びとり、心の虫歯をもちつづけた。

窓から見える月というのは、日本建築の醍醐味でもあるのだろうけれど、文学のモチーフにもなりやすい。

窓の月《まどのつき》

ぬす人に取りのこされし窓の月　　良寛《りょうかん》

あるとき侘び住まいをしている良寛の庵に、どろぼうが入った。ふとんを持ち去ったという。きっとほかに盗れそうなものは、なにもなかったにちがいない。酒の盃さえ、そこらから割れたのを拾ってくるほど、貧しくも無頓着な暮らしぶりだったから。

どろぼうが去ったあと、ああ、窓の月は置いていったのか、とこの句を詠んだとか。

なんと丸い月が出たよ窓　　尾崎放哉《ほうさい》

茶室にあるような円形の窓をつい想像したけれど、丸いのは月で、おそらく窓は丸くはなかっただろう。不意をつかれるように、まん丸い月が窓の向こうに見えた、その驚きのままに詠んでいる。こんな素直な驚きに、自由律はよく似合うなあ、と感じる。「出たよ」と一呼吸置いてから「窓」と言い切って締めくくるところも、窓すごい、みたいな気持ちが伝わってくる。

目が覚めたとき、部屋の中はまっくらじゃありませんでした。月の光が窓からあかるくさしこんでいました。とても大きな月が銀色のステンレスのお盆みたいに丘の上にぽっかりと浮かんでいるのが見えました。手をのばして字が書けそうなくらい大きな大きな月。そして窓から差し込んだその月の光は、まるで水たまりみたいに床の上に白くたまっていた。

（村上春樹『ねじまき鳥クロニクル　第3部　鳥刺し男編』より）

月の姿を「銀色のステンレスのお盆」にたとえたり、窓ごしの月光を「水たまり」に見立てたり、ほんのちょっとしたところに生活の匂いがまぎれ込んできて楽しい。

「明」という字の右側は「月」を表すが、左側の「日」は太陽ではなく、もとは「窓」を表すものだった。月の光が窓を通して射し込むさまが「明」。窓の月というのは「明」るいという文字の由来の情景だった。

月頃

つきごろ

この数か月のあいだ、何か月か前から、といった意味。日頃と合わせて、日頃《ひごろ》月頃《つきごろ》というと、ふだん、つねづね、などの意味にもなるけれど、古くは、何日も何か月も、という意味で使われた。

日ごろ、月ごろ、しるき事ありて、なやみわたるが、おこたりぬるもうれし。思ふ人のうへは、わが身よりもまさりてうれし。

（清少納言『枕草子』二百七十六段より）

（何日も、何か月も、はっきりとした兆候があって、患ってきたことが、回復するのもうれしい。自分が大切に思っている人の身に起きたときは、わがことよりもずっとうれしい）

地球照《ちきゅうしょう》

月が地球を照らすように、地球も月を照らしだす。時折、月の陰っているところがほのかに明るんで見えるのは、地球が太陽の光を反射して月を明るませているから。それを、地球照という。

たとえば満月の晩に夜道を歩くと、月の光の明るさで足元にくっきり影ができるほど。それと同じように、月面に降り立つ人間は、地球の光に明るく照らしだされるだろう。

「これは一人の人間にとっては小さな一歩だが、人類にとっては偉大な飛躍である」

(That's one small step for a man, one giant leap for mankind.)

（月面着陸に成功したニール・アームストロング船長の言葉）

第三章

一年の言葉

季節というのは、昔、人が名づけたもの。ありのままの自然に、移ろう時の流れを感じて、春、夏、秋、冬と呼んだ。四季を知る前は、種まきと収穫という二季で暮らしていたそう。いまでは歳時記をひもとくと、千も万も季節の言葉があふれだす。折々の兆しに気づきながら、人は一年また一年と暮らしていく。

冬から春へ　ふゆからはるへ

寒い冬を越えて、二月初めの立春を迎えると、旧暦では春のはじまり。

二月なんて、まだ冬じゃないか、と思うかもしれないけれど、そうなのです、立春の「立」は、はじまり、スタートという意味。春ははじまったばかりで、寒さが過ぎ去ってはいないものの、それでもここから少しずつ、ぽかぽかとうららかな陽気になっていく。

新暦では春は三月から。でも旧暦だと一か月早く、梅が咲くころに春が来る。草木の芽が「張る」。田畑を「墾《は》る」。天気が「晴る」。そんな「はる」が折り重なった、春という季節。

春隣り　はるとなり

もう春がすぐ隣りまで来ているよ、と冬の終わりに印をつけるような季語が、春隣り。「はるどなり」とも。

似た言葉に、春待つ、春近し、などもあるけれど、この「隣り」という言い方の中に、春の気配が近づく実感のようなものが見受けられて、なんだかそわそわしてくる。

叱られて目をつぶる猫春隣　久保田万太郎

なにをして叱られたのかは知るよしもないけれど、日だまりの中、素知らぬ顔をして猫が丸くなって、目をつぶるようすが、ありありと目に浮かぶ。

冬の終わりというと、一月下旬の大寒のころ。それから二月初旬の節分に豆まきをしたら、翌朝には立春が訪れて、春を迎える。そう、一月の寒さにもかかわらず、ふきのとうが白い雪の中からあざやかな緑をのぞかせるように、どこからか春の足音が聞こえてくる季節なんだなぁ。


春はすぐそこだけどパスワードが違う　福田若之

もう一方で、この句が打ち明けているような心情もある。ボタンのかけ違いかなにかのように、春はすんなりと来るものでもなく、春の到来をいつでも人の気持ちがすんなりと受け入れられるわけでもない。そんな季節と気持ちのズレが、冬から春への端境に、もやもやっと起きるというのも実感としてわかる気がする。

明るい春にどこかで抵抗を覚えるように壁を感じてしまうもやもやを、心からむりに拭おうとせず、パスワードが違う立ち往生の位置にとどまる時間もあっていいんじゃないだろうか。

キンと冷たい風を受けながら、向こうからやって来ようとする新しい季節の気配に、耳をすます。目を向ける。だんだんと体が動きだし、やがて心もなじんでいく。ほら、もう春隣り。

余寒《よかん》

余った寒さ、と書いて、余寒。春のスタートラインにあたる立春を過ぎたあとの寒さは、余寒という呼び名に変わる。春隣りから余寒へ――というのが、一月から二月にかけての季節の移ろいを感じさせる言葉のように思える。立春は二月四日ごろだから、余寒というのは、ほとんど二月の冷え込みのことだといってもよさそうなほど。

ひなどりの羽根ととのはぬ余寒かな　　室生犀星

ピュウピュウとまだまだ冷たい風が吹きすさぶ時期だし、雪が降り積もることだって珍しくはない。なのに、あくまで余った寒さに過ぎない、というのだから暦も強情っぱりなもの。いや、春よ来い、と待ち続けた冬の日々を思うと、強情とばかりも言えない。せっかく立春を迎えることができたのだから、だれがなんと言おうともう春なんだ、冬ではないんだと、春を迎えたテンションの高いよろこびの気分が、余寒という言葉に満ち満ちている。

このころの時候のあいさつとしては、松の内を過ぎると、年賀状から寒中見舞いに変わるけれど、立春を境にして、こんどは寒中見舞いから余寒見舞いに切り替わる。ちょっと夏の暑中見舞いと残暑見舞いの関係に似てますね。

余寒とほぼ同じ意味の言葉に、春寒というものがあって、「しゅんかん」とも読む。春寒といわれると、春だけど今日は（たまたま）寒い日、といったニュアンスが感じられて、寒いといっても一時のものに思えてくるからふしぎ。

春寒《はるさむ》

春さむや庵《あん》にととのふ酒五合《ごんごう》　西島麦南《ばくなん》

酒飲みの気持ちにしてみれば、腹の底までしみわたるような句だなあ、としみじみ。寒いときは燗酒がおいしいのですよね。

お猪口でひとくち。ほう、と息を吐きだすと、お燗の熱のこもったような白い息が酒気とともに広がる。早春の寒い夜というのも、熱燗をいただく肴と思えば、一夜の楽しみというものだろうか。

薄氷《うすらい》

ついつい「はくひょう」と読みそうだけど、春まだ浅いころ、川や池、湖などに薄く張る氷のことを「うすらい」という。冬から解け残った氷を指すことも。

旧暦の七十二候は立春からはじまり、春の三番目の季節に「魚氷《うおこおり》に上がる」という候が来る。

だんだん暖かくなり、湖の氷が薄まり解けてきて、魚が跳ね上がるころ、という意味の季節だ。

薄氷は、そんな春先の季節の兆し。

薄氷の吹かれて端の重なれる　深見けん二

湖面に浮かぶ薄い氷の一枚が、風に吹かれて流れていき、隣りに浮かぶもう一枚の薄氷に端と端で重なるようすを、そっとしたためたような俳句。

ふれたら割れてしまいそう。でも、はかなさというよりも、むしろ凛としたきめ細やかな自然の情景が、ふとした瞬間に顔をのぞかせてくれることってあるんだよ、と静かに感じさせてくれる句だと思う。

ちなみに、古い時代には薄氷は冬の情景として詠まれていた。『万葉集』にも薄氷の歌が見受けられる。これを早春に詠うときには「春の薄氷」と形容を付けていた。それが昭和の初めになって、俳人の高浜虚子が、薄氷を春、二月の季語として歳時記を編み、以来早春の言葉に。

薄氷の草を離るゝ汀《みぎわ》かな　高浜虚子

季節感といってもあやふやなもの、といえばそれまでだけれど、ある風物を表す言葉を、当初は冬と感じたのが、やがて早春と受けとめるようになったとすると、そこには人の心の変遷があるように思われる。氷の薄まりを、春の兆しとみなす気持ちが。

また同じように薄い氷のことを、早春には薄氷といい、冬には蟬氷《せみごおり》といって、二つの名前で呼び分ける。蟬氷とは、蟬の翅《はね》のように薄い氷、という意味。

夏の虫を冬の氷のたとえに持ち出すのは考えてみるとふしぎだけれど、蟬の翅の透明なイメージが夏から冬へと飛翔して氷の名前になったかと思うと、イメージの鮮烈さは季節を飛び越えるのだな、と人の想像力の軽やかさをありありと感じる。

木の芽起こし　きのめおこし

あたたかな春の雨がやさしく木の芽に目覚めをうながすと、枝先に固くちぢこまっていた若芽もほころびはじめる。そんな春雨のことを、木の芽起こし、という。読み方は「このめおこし」とも。地方によって、木の芽雨、木の芽萌やし、木の芽流し、など呼び名はさまざま。

一年を二十四の季節に分けた、二十四節気《にじゅうしせっき》という暦でいうと、季節は春の初めの立春から、二番目の雨水《うすい》へと移ろう時分だろうか。雨水とは、降る雪が雨に変わり、雪どけの水が川に流れ込むころのこと。

そんな三月初めに、七十二候では「草木萌《そうもくも》え動く」という候がめぐってくる。木の芽起こしが降ってくるのを、いまかいまかと待ちわびる植物たちの声が聞こえてきそうな季節だ。草や木々の芽の萌え出るようすを、木《こ》の芽張る、と言い表す季語もあるほど。

ぐい呑《のみ》を小鉢代りの木の芽和　草間時彦

木の芽と書いて「きのめ」と読むと、とくに山椒の若芽を指すこともある。山椒の若芽をすりつぶし、白味噌に砂糖やみりんを混ぜ合わせたものは、木の芽和え。そこへ筍、うど、イカなどを加えてよく和えると、春ならではの旬の味に。

また、木の芽冷えという言葉もあるのだけれど、こちらは木の芽が吹くころの冷え込みのこと。三月初めは、寒の戻りもまだまだあるから、油断大敵。外に出かけるときは、上衣やマフラーなど一枚余分に羽織っていって。

桃始めて笑う《ももはじめてわらう》

七十二候の中に「桃始めて笑う」という季節がある。三月十日すぎの、ほんの五日ほどの短い間だけれど、桃の花が今年はじめて咲くころ、という意味がもうたまらない。

咲くことを「笑う」というこの季節の名前は、なんて素敵なんだろう、と驚くやら惹かれるやら。それにそもそも、季節の名前なのに文章になっているところも、七十二候ってふしぎでいいな、と思えた。
桃の花といえば、女の子の健やかな成長を願う桃の節句を思い出す。桃始めて笑うの候は新暦ではすでに三月三日を過ぎているけれど、三月の桃の花つながりということで、そんな節目を題材にした、なんともふしぎな味わいの詩を。

桃の花　　山之口貘

いなかはどこだと
おともだちからきかれて
ミミコは返事にこまったと言うのだ
こまることなどないじゃないか
沖縄じゃないかと言うと
沖縄はパパのいなかで
茨城がママのいなかで
ミミコは東京でみんなまちまちと言うのだ
それでなんと答えたのだときくと

パパは沖縄で
ママが茨城で
ミミコは東京と答えたのだと言う
一ぷくつけて
ぶらりと表へ出たら
桃の花が咲いていた

この詩を書いた、父でもあり詩人でもある人は、幼稚園かどこかから帰ってきた娘の言葉にびっくりしてしまう。地方出身なら「いなか」をネタにからかわれたことも、一度ならず経験があるかもしれないが、まして戦前は沖縄に対する差別が横行していたから、もしや娘も、と内心ひやっとしたのではないだろうか。

いなかが沖縄だと言えなかったのだろうか、いや、そんなことは気にする必要ないぞ、と娘を励ます気持ちもあったのだろう。

なのに娘のミミコのほうは、沖縄だからどうだ、茨城だからなんだ、とは初めから思っておらず、いなかをコンプレックスともなんとも感じていないようす。父の予想のはるか上を、ひらりと飛んでいく。

パパのいなかは沖縄で、ママのいなかが茨城で、でもどっちのいなかもミミコのいなかじゃないなあ。自分が生まれ育った場所といったら、そうだ、「ミミコは東京」と、あっけらかんと答えを見つけてしまう。

このあっけらかんの清々しさはなんなのだろう？　そのとき父でもある詩人は、心の中にさわやかな風が吹き抜けるのを感じたのではないだろうか。親の見知らぬ新しい世界へ踏みだしていく娘を（おそらく目を細めて）見つめ、それからタバコを一ぷくつけて、ぶらりと表へ出たのではなかろうかと想像をかきたてられる。

そのとき目に映ったのが、桃の花。すくすくと健やかに育ちますように、という願いの花が晴れやかに咲いていた。

無邪気な心のおかげで、あるとき、ふっと心のつかえが取り払われ、パッと人の心が広々とした自由な場所に辿りつく。そんな可能性の明るみがいつでも待っていることを、この「桃の花」という詩は、ミミコと同じくらいあっけらかんと示しているかのようだ。

ところで「咲」という字は、もともと「笑」の略字のようなもので、二つの文字は同じ意味だったそう。咲くは笑う。笑うは咲く。人も花も笑って咲いて。

山笑う

やまわらう

花が笑うなら、山も笑う。山笑うというのは、早春の山に霞がたなびき、しだいに生気が兆して艶めくようすを表した春の季語だ。

もともとは十一世紀中国、北宋時代の山水画家、郭熙《かくき》の「春山澹《たん》冶《や》にして笑ふが如く」という言葉が由来。これに続けて「夏山蒼翠《そうすい》にして滴《したた》るが如く、秋山明《めい》浄《じょう》にして粧《よそ》ふが如く、冬山惨淡《さんたん》として睡《ねむ》るが如し」（『林泉高到集』より）とある。

あおあおと青葉が茂る夏の山は、山滴る。紅や黄の紅葉に染まった秋の山は、山《やま》粧う。落葉して静まりかえった冬の山は、山眠《やまねむ》る。

山水画家のおおらかでいて、微かな色の移ろいをも見てとるまなざしが、山の一年を大胆かつ繊細にとらえた言葉のよう。生き生きとした山の存在感がありありと。

春風駘蕩《しゅんぷうたいとう》

のどかに春風が吹くようす。そこから転じて、物事に動じず余裕のある人や、おおらかにのんびりとした人のようすを意味するようにもなった。

春うらら。陽気に包まれた心地よさをいつも心のどこかに持っていたいなあ、と憧れてしまう。春の風も、春の日も、そして春の宵もまたいいものだなあ、とそんな詩の一節を。

雨が、あがつて、風が吹く。
　雲が、流れる、月かくす。
みなさん、今夜は、春の宵《よひ》。
なまあつたかい、風が吹く。

（中原中也「春宵感慨」より）

桜にまつわる言葉

花といえば桜、というくらい『古今和歌集』の時代から桜は歌に詠まれてきた。そんな桜の花にまつわる言葉もさまざまにある。

花筏《はないかだ》

桜の花びらが川に舞いおり、連なり、筏のように流れるようすを花筏という。

満開を過ぎるころ、はらりはらりと散りしきる花は、敷きつめたように川面《かわも》を桜色に染める。もしかしたら、ふだん見慣れているはずの川の景色が一変するほど見事な花筏とは、「筏」という比喩ではとうてい追いつけない壮麗さかもしれない。

散った花びらは、ほんとうは咲き終えたあとかたに過ぎないのに、なぜこうも美しいのだろう。花の命は、咲いて散るもの。川は絶えず流れて、同じ景色が二度とないもの。散る花びらが川面とふれあう花筏は、華やかさとはかなさとが重なりあうひとときとして、人の心を惹きつけるように思われる。

花筵《はなむしろ》

桜の花びらが辺り一面に散り敷かれたようすを、花筵と呼ぶ。まるで桜の絨毯《じゅうたん》のよう。川に舞い散れば、花筏。地に舞い降りれば、花筵。

川は、流れうつろう無常さを彷彿とさせる。では、地は？ 桜の木がしっかと根を張る地というものは、花に生命の気を注ぐ母のような存在だ。

花筵に腰をおろし、桜の木を見あげれば、若葉が顔をのぞかせながらも、なお咲きにぎわう花を、心おきなく花見ができる。そんな満ち足りた花の宴の景色こそ、花筵の場にふさわしい。

靴裏に貼り付いている桜花　足音やさしくなりて誰もが　前田康子

飛花《ひか》

風に散る花びらのことを、飛花と呼ぶなんて、どれだけ花を愛でるのだろう……と思ってしまった。散った花ではなく、飛んでいく花だなんて。

花びらは飛んで、どこへ行くのだろう。舞い飛ぶ先に思いを馳せるより、飛び舞うさまそのものを眺めている、そんな言葉に思える。

食卓に
花びらが落ちている
ちる音を

いちども聞かないうちに
また夜になり
アパートの
隣の部屋では
泣きやまない子どもをあやすひとが
こちらの聞こえないように
小さくうたをうたっている

（峯澤典子「花びらと」より）

すっぽりと日にちや時間の感覚が抜け落ちて、いつのまにか花が咲き、いつのまにか散っている。日々の忙しさに追い立てられて、そんな経験をしたことはありませんか？

どこからか舞い落ちてきた花びら。隣の部屋から聞こえる、子の泣き声と、母のうた。花びら一枚が伝えてくるのは、過ぎ去った時間でもあり、そしていま流れている時間でもあり。手のひらにのるほどの小さなものを目にして、ふっと我に返る瞬間から、子を思う心がまた新たに広がっていくよう。

「わたしも　いつか／小さなうたを／教えよう」（同）と詩は続く。その小さなうたのかたわらにも、この詩と同じように花びらが舞い降りるかもしれない。

花明り《はなあかり》

桜が咲き乱れて、夜なのに明るく感じられるほどという情景が、花明り。

この言葉にふれると、花見をする余裕もなかった二十代の日々を思い出す。毎日、夜遅くに家へと帰る途中で通りかかる公園に、桜の木が一本だけ植えられていた。公園の桜が満開を迎えたころ、道から遠まきに、花の盛りを眺めながら歩いた。

とっぷり暮れた暗がりにもかかわらず、外灯に照らされ、ほの白く明るんでいる花の姿をいまでもよく覚えている、くっきりと。

花明りありと思へり水の上　　柴田白葉女《はくようじょ》

詠まれているのは、水辺の桜のようすだろうか。満開に花を咲かせた枝が水面《みなも》に映えて、まるで水の上で華やいでいるかのように感じられたのかもしれない。そう思うと、花そのものでなく、水面を眺めて花を思う心境とはどんなものなのか。さびしいような、せつないような気持ちにさせられる。

みに違いない。

花月夜《はなづきよ》

花明りのほのかな明るみに対して、月明かりに照らされた花のようすは、花月夜と言い表される。月に桜という組み合わせは、主役が二つ重なったような情景だけれど、それもまた夜桜を眺める楽しみに違いない。

チヽポヽと鼓《つづみ》打たうよ花月夜　　松本たかし

この句を詠んだ俳人は、病弱のため若かりし日に能の道をあきらめ、それに代わるようにして虚子に師事し、俳句をはじめた。能への思い、月明かりの下の桜の幻想性、夜の静けさに響く鼓の音、そうしたものが渾然《こんぜん》一体であるように感じられる。夢をあきらめることは、つらく、のちに振り返ってもほろ苦いもの。そのほろ苦さが静けさとなるまでに、どんな心の葛藤があったことだろう。

夜桜を眺めるとき、花の下で焚く篝火を花篝《はなかがり》という。月明かりも篝火もなく、夜の闇に花の姿がおぼろげで、はっきりしないさまは、花朧《はなおぼろ》と。昼も、夜も、桜を愛でる楽しみは尽きない。

花冷え《はなびえ》

花の見ごろは仲春のうららかな時期だけれど、寒の戻りがないとも
かぎらない。そんな桜の季節の冷え込みを、花冷えという。

生誕も死も花冷えの寝間ひとつ　福田甲子雄《きねお》

また、桜のころの曇り空は、花曇《はなぐも》り。冷えても、曇っても、花にまつわる言葉があるのは、さすが桜。ちなみに花の雲とは、花が一面に満開になって雲のように咲く情景のこと。

山又山山桜又山桜　阿波野青畝《せいほ》

花の下で宴に興じる花見も楽しいもの。古くは桜というと山桜のことで、ほんのり山を染める光景を遠まきに眺めていた。野や山に、桜を訪ね歩いては花見をすることを、桜狩《さくらが》りや花巡《はなめぐ》りという。

まいねんの　ことだけれど
また　おもう

いちどでも　いい
ほめてあげられたらなあ…と
さくらの　ことばで
さくらに　そのまんかいを…

（まど・みちお「さくら」より）

美しいと感じたり、ずっと眺めていたいと思ったり、さくらを見上げて人はいろいろな感慨にふける。でも、さくらのことばでほめてあげられたらなあ…と思う人もなかなかいないんじゃないだろうか。

まど・みちおの目線は、生きものと同じ高さにあって、そのうえやさしい。さくらの身になって考えるわけではない。あくまでさくらを見つめる側で、ほめてあげたいと願う人。人間のことばでほめれば十分な気がするけれど「さくらの　ことばで」という。そこが、さくらと同じ目線なんだ。相手のことばで、相手に伝わるように告げたいと。もしかしてまどさんは、いつもにんげんに伝わるように〈にんげんの　ことばで〉詩を書いているのかもしれない。まどさんにとって、ことばって何なのだろう？

初夏　はつなつ

立春から数えて八十八日目の、八十八夜（五月二日前後）が過ぎるころ、立夏を迎えて初夏になる。ゴールデンウィークという大きな連休もあり、春と夏の変わりめは心身を整えるいい頃合いだと思う。

初夏のみずのあじすることばかな　　越智友亮

中学時代の部活では、休憩に入ると我先にと水飲み場に駆けつけた。「初夏のみず」というと、味わいもせずのどを潤した水をまっ先に思い出す。にもかかわらず、こんな俳句に出会ったら、やっぱり水の味のことを考えずにはいられない。それはこの俳句という「ことば」のおかげだろうか。記憶のどこかにしまってあった「みずのあじ」が顔を出したのだろうか。

白妙　しろたえ

たっぷりとお日さまを浴びて、白くなった布を、白妙という。

梶や楮《こうぞ》の木の皮や、藤蔓《ふじつる》などから採れる繊維を績《う》んで（細い繊維と繊維を結わえてつないで）糸にして織った布のことを太布《たふ》といって、まだ木綿が伝わってくる以前には、麻や太布は暮らしに欠かせないものだった。やわらかな木綿と比べ、ざっくりとした素朴な風合いだけれど、着ているうちにくったりと肌になじんでくる。そんな太布は、陽の光に晒《さら》すほどに白くなる。だから、白妙。「たふ」が転じて「たえ」になり、「しろたふ」が「しろたえ」になったよう。その「たえ」は栲《たえ》とも書く。

栲というのは、和栲《にきたえ》（または「にぎたえ」）と粗栲《あらたえ》の二種類ある。和栲は、細かな織り目の布や打って柔らかくして晒した布のこと。粗栲は、織り目が粗い布のこと。和栲が絹を、粗栲が麻を指す場合もある。

春すぎて夏きにけらし白妙《しろたへ》の衣ほすてふあまのかぐやま　持統天皇

百人一首にも入っている歌だが、初夏の日射しに晒されて白い太布が干されてはためく情景が浮かぶよう。

余花　よか

立夏を過ぎても、若葉に紛れ込むように咲き残る桜の花のこと。夏桜、若葉の花とも。立夏より前のものは、残花《ざんか》といって呼び分ける。遅咲きの花ということにはなるけれど、青葉が生い茂るなかに咲くわけで、生命力旺盛な桜の象徴のようにも思える。また、山地や北国などで見られるものでもある。

立春を過ぎた寒さが余寒なら、立夏を過ぎた花を余花というなんて、やはり季節の移ろいというのは、線引きできるものでなく、前の季節からいきおい余って来るものを受けとめることでもあるよう。

余花の雨猫しなやかに身繕《みづくろ》ひ　金井苑衣

青時雨　あおしぐれ

青葉に降った雨が、そのまま葉っぱの上に残り、風に吹かれた拍子にパラパラッと落ちてくることを、青時雨という。あれ？　さっき雨はあがったはずなのに……。という思いがけない雨雫だけど、初夏の陽光のなかで感じる一服の清涼剤のようなさわやかさ。

青嵐　あおあらし

同じく青葉のころに吹く、いきおいのある風が、青嵐。「嵐」というと、ゴウゴウと吹き荒れる強風や、ざんざん降りそそぐ大雨をつい想像してしまうが、「青」という文字がつくだけで、初夏の清々しい風物詩に変わるからふしぎ。

昭和の田園を舞台にしたアニメーション『となりのトトロ』で、大人たちには姿の見えない猫バスが、風を巻き起こしながら田んぼも森も駆け抜けていくけれど、びゅうっと吹く一陣の青嵐って、あんな感じかな。

晴嵐　せいらん

青嵐と書いて「せいらん」とも読むが、同じ読み方で、晴嵐という言葉もある。こちらは晴れた日の霞や、晴れた日に立ちのぼる山の気のことを指す。

霞はわかるものの、山の気ってなんだろう？　山気《さんき》といえば、冷え冷えとした山の空気のこと。だから山の気というと、ついオーラのようなものを想像してしまうけれど、山気が蒸発したときに立ちのぼるものを晴嵐と呼ぶよう。

天泣　てんきゅう

天が泣くってなんのこと？　と思ったら、空に雲が見当たらないのに降ってくる雨のことだった。遠くで降った雨が風で流れてきたり、雨が雲から降ってくるまでの間に雲が流れ去ったり、消えたりするときに起こる現象だという。狐の嫁入り、天気雨とも呼ばれる、気まぐれな雨。

同じ「てんきゅう」という言葉にもいろいろあって、天弓《てんきゅう》と書くと、虹を指す。天穹《てんきゅう》は、大空のこと。天球は、地球上から見たときに、星々がめぐる球面上の天の姿をいう。

これらの言葉の季節は初夏とも夏ともかぎらないけれど、雲一つないさわやかな青空からサアッと雨が降ってくるさまは、きっと五月によく似合う。

天泣《てんきふ》のひかる昼すぎ公園にベビーカーひとつありて人ゐず　　高野公彦

雨がぱらついても空に雲は見あたらず、ベビーカーがあるのに辺りに親子の姿はない。どこか落ち着かなくて、ぽつんと取り残されたような、それこそ狐につままれた感じが伝わってくる。

蛍火　ほたるび

七十二候で夏の八番めの季節に「腐草蛍と為る《ふそうほたるとなる》」という候がある。六月十日ごろから五日間ほどの時期のこと。腐った草が蛍に生まれ変わる、というファンタジックな意味なのだけど、昔は蛍が何なのか、なぜ光るのか、何もわからず神秘的な存在だったということが、この候の名前からうかがえる。草を積んだ辺りが雨に濡れ、そこから蛍が光りながら飛ぶさまを見て、こんな季節ができたのかもしれない。

蛍が灯す光のことを、蛍火という。そこから転じて、かすかな蛍の光のように燃え残った炭火のことも、蛍火と呼ぶようになった。

てのひらの闇ごとわたす螢かな　　宮本佳世乃

暗がりに浮かび、宙を舞う蛍火に両手をのばし、つかまえる。その手の中にいるはずの小さな虫を、ほら、と相手に手渡そうとするところ。虫が灯すかすかな明るさは、闇の中だからこそ際立つ。ちょっと懐中電灯で照らしたり、車が通りかかってヘッドライトが当たったりしたら、たちまちどこかへ紛れてしまうほど儚《はかな》い光。そんな蛍を手渡そうとすれば、蛍が蛍でいるための闇ごとわたすしかないのかもしれない。闇の中でなら、蛍は自らを明かす光を示してくれるから。

いまでは見かけることが少なくなったものの、六月の雨上がりや、小川のせせらぎが聞こえる辺りに、夜散歩に出てみると案外と出会えることもある。ふわ、と漂い、光っては消え、消えては光る、幻想の虫に。

梅雨時 つゆどき

日本は四季の国というけれど、梅雨時をまたべつの、雨季という一つの季節に数える捉え方もあるようだ。そう言われるとたしかに、同じ夏の括りに入っているものの、雨ばかり続く時期と、かんかん照りの暑い時期とでは、季節もべつべつな気がしてくる。

梅雨の語源は、木の葉に降りる露《つゆ》から来ている、という説がある。露というのは、雨露《あまつゆ》の露。はたまた梅が熟して潰れやすい時期なので「潰《つい》ゆ」が語源ともいわれる。昔の中国では、じめじめした湿気でカビやすいから、黴《かび》の雨と書いて黴雨《ばいう》と呼んだとか。そこから転じて、梅雨《ばいう》というようになったとも。あるいは、梅の実が熟すころの雨だから、梅雨と名づけられたともいう。

五月晴れ《さつきばれ》

五月を「さつき」と読むのは古い呼び名で、旧暦の五月のこと。その旧暦は新暦よりおよそ一月遅れになるから、「五月／さつき」というと新暦では六月の梅雨入りごろにあたる。

それで梅雨の晴れ間のことを、昔は五月晴れといった。いまでは意味が変わって、初夏（新暦の五月）のさわやかな晴天を指す言葉になっている。旧暦から新暦に切り替わり、時期が一か月ずれるだけで、同じ言葉がちがう意味になるなんてふしぎといえばふしぎ。でも言葉が人の営みの中に息づく以上、当たり前のことなんだ、とかみしめつつ、梅雨の中休みのような青空に出会うと、昔の五月晴れという言葉が思い起こされる。

梅雨晴の広告塔を母と思ふ　　佐藤文香

梅雨の晴れ間の青空を背に、広告塔を見あげる。辺りの人々へ声高になにかを伝えようとする広告の塔は、いつもならあまり顧みられない存在かもしれない。でも、久しぶりの青空が晴れ晴れと広がっていたらどうだろう？　どんよりした周囲の気分を吹き飛ばすような明るさを放つ光景に、母の強さを思ってしまった。

五月闇

さつきやみ

五月晴れと同じように、五月を「さつき」と読む五月闇は、梅雨時の雨天の暗さをいう言葉。夜ばかりか、昼でもどんよりした雨雲に覆われると、辺りはほの暗く沈んでしまう。なのにこの言葉に軽やかさを感じるのはなぜだろう？　「さつきやみ」という澄んで静かな音の響きのせいだろうか。

五月闇とは畳まれし帆のやうに　中村安伸

舟の帆が畳まれた折り目には、確かに梅雨の暗がりがしみ込んでいそうだ。闇の暗さにもいろいろある。薄闇《うすやみ》、小暗《こぐら》い、隈《くま》（物陰の暗さ）、蒼然《そうぜん》（夕暮れの闇）、幽暗《ゆうあん》（奥深い暗さ）……。しだいに暑くなる仲夏の闇には、どこか太陽の匂いを隠しきれない明るさがいまにも漏れ出そうで、光の気配を探してしまう。

黒南風《くろはえ》

黒栄《くろはえ》に水汲み入るゝ戸口かな　原石鼎《はらせきてい》

荒南風《あらはえ》

和歌の浦あら南風《はえ》鳶《とび》を雲にせり　飯田蛇笏

白南風《しろはえ》

白南風や皿にこぼれし鱚《きす》の塩　田中冬二《ふゆじ》

梅雨のさなか、どんよりと黒い雨雲の下で吹く南風のことを、黒南風という。なんだか強そうな名前の風だが、南からやわらかく吹いてくる。そんな梅雨の南風が、時折吹き荒《すさ》んで強風になると、荒南風と呼ばれる。高浪《たかなみ》を招く、梅雨時の厄介者だ。そしていつしか雨雲を吹き払い、梅雨明けを運んでくる南風が、白南風。夏の到来を告げる風。

この三つの風の名前は、西日本の中国、四国、九州地方などで呼びならわされてきた。もともとは漁師たちの間で生まれた言葉らしい。

梅雨時に風の吹く朝に水汲みから帰って、桶の水をこぼさないようにそっと戸口をくぐって家に入ろうとする黒南風の句。万葉の時代から歌に詠まれる和歌の浦に風が吹き荒び、鳶が雲と流れゆく荒南風の句。さわやかに吹きわたり、鱚《きす》の塩焼きの塩を皿の上に飛ばす白南風の句。同じ南風でも、季節が移ろえば吹く風が変わり、情景がめぐる。三つの句をならべてみると、風とともにある人の暮らしの横顔までふっと浮かびあがるよう。

このあつい両手を冷ます風を待つ体育館へとつづく外階段　　山崎聡子

どんな風とも、夏とも書かれていない歌なのに、梅雨明けの風が思い浮かぶのはどうしてだろう。この歌を、ある心のたとえとして読むなら、火照《ほて》るような両手のあつさを冷ましてくれるものとして風を待てることは、幸せの一つかもしれない。待っていれば風が吹くこともあるだろう、と思えるのは、ほがらかに明るい心のつよさに映る。いま自分がいる成長のための場所から、やがて外の世界へと出ていく予感を孕みながら。

送り梅雨　おくりつゆ

晴れた日が何日か続いて、ああ、もう梅雨明けしたかな、と思ったとたん、翌日また雨降りに逆戻り。そんながっかりしてしまうお天気を、送り梅雨という。雷を伴う大雨になることも珍しくない。

ぬか喜びといえばそうだけれど、でも送り梅雨って、夏が近づいて、梅雨明けがもうすぐ、という兆し。季節の変わりめは、行ったり来たりが当たり前。カラッと晴れあがった青空を心待ちに、あとわずかの雨の季節を過ごそうか。

夏真っ盛り　なつまっさかり

梅雨が明ければ、いよいよ日射しがさんさんと降り注ぐ、盛夏のまっただ中。夏の語源は「暑《あつ》」とも「熱《ねつ》」ともいわれるが定かではない。一説によると、撫でるの「撫《な》づ」から来ているとか。昔の人は、撫でるという所作には生命力を高める意味合いがあると考えていた。田に植えた苗が、夏の風に撫でられ、すくすく育っていきますように、とそんな季節感として夏という名前がついたのかもしれない。

七月の上旬には、二十四節気の小暑になる。そして七月下旬には大暑へ。大小の「暑」の名前で呼ばれるこの時期が、暑中。暑中見舞いは、小暑や梅雨明けの時期から、大暑まで。立秋を過ぎたら、残暑見舞い。

田草引く

たくさひく

田植えが済んだら、田んぼに生える雑草を取る仕事が待っている。そんな暑いさなかのきつい作業を、田草引く、あるいは田草取《たくさと》り、と。田植えのあと一週間から十日ほど経ったころにそれからおよそ十日おきに、二番草《にばんぐさ》、三番草《さんばんぐさ》、と稲の花が咲くころまで二〜四回ほど草取りを重ねる。それから行う最初の草取りが、一番草《いちばんぐさ》。

昔は田んぼの水に手をつっこみ、雑草を倒して泥のなかに沈めていると、気づけば指の爪がすりへったり、泥に持っていかれたりした。そこで、雁爪《がんづめ》といって、フォークみたいな鉄の爪の農具が、江戸時代ごろに考え出されたそう。

沖縄に「安里屋《あさとや》ユンタ」という民謡があるのだけれど、昭和の初めに標準語で歌詞が作られた。その三番の歌詞に田草取りが出てくる。

サー　田草《たぐさ》取るなら　十六夜月夜《いざよいつきよ》
サーユイユイ
二人で気兼ねも　ヤレホンニ　水いらず
マタ　ハーリヌ　チンダラ　カヌシャマヨ

（星克作詞「安里屋ユンタ」より）

暑い盛りの田んぼの草取りは、十六夜の明るい月夜にしましょうね、と歌っている。炎天下を避けて、月明かりの下で、と聞くと、なるほど。街灯のない夜道でも、島の空に浮かぶ十六夜の月の光は、白々と辺りを照らしてくれるから。

木の下闇

このしたやみ

日の当たる場所がくっきりと明るいほど、木陰もくっきりと濃い影を落とす。そんな夏の木陰が、木の下闇。木下闇《こしたやみ》ともいう。

夏の木陰といえば、沖縄の光景が目に焼きついている。島の光は圧倒的で、炎天下に五分も立っていたら、すぐに日焼けしてしまうぐらい。でも、鬱蒼としたガジュマルの木の下に入ると、逆にすうっと暑さが引くような心地がして、日向と木陰では大違い。

ちなみに夏の午後、道や家などの片側にだけできる日陰を、片陰《かたかげ》という。

雨喜

あめよろこび

日照り続きのあとに、雨が降ったことを喜ぶ。そんな恵みの雨を、雨喜という。

喜雨《きう》や、慈雨《じう》ともいうけれど、「あめよろこび」だなんて、とっても喜びが伝わってくるいい名前。田植えを済ませて、いよいよ苗にぐんぐん伸びてもらいたいときだから、日照りは御免こうむりますと。雨喜は、秋の豊作を願う心まで潤す雨。

ふるさとの喜雨の山王《さんのう》村役場　高野素十《すじゅう》

草いきれ　くさいきれ

草いきれまでは刈られずありにけり　稲畑汀子《ていこ》

夏の日の光に照らされて、草の群れ生える辺りからモウッと立ちのぼる熱気。少年のころ、真夏の炎天下に土手で野球をしていたときだったろうか。草むらに転がっていったボールを追いかけて、立ちこめる熱い空気の群がりを感じた。

夏ぐれ　なつぐれ

夏真っ盛りに降るにわか雨が、夏ぐれ。
沖縄には、なちぐりあめ（夏ぐれ雨）という島言葉がある。

夏ぐれは福木の路地にはじまりぬ　前田貴美子

福木《ふくぎ》は、沖縄で街路樹に植えられた常緑樹で、長い楕円形のかわいらしい葉が特徴的。舗装されていない土の地面が続く、福木の並木道を歩いていると、鬱蒼とした緑や、湿気をたっぷり含んだ潮の匂いに包まれる。

そんな福木に降りつける南国のにわか雨。雨上がりには、海の上に虹がかかったり。

ちょっと遠くのはうの道に水たまりが広がっているように見えるのに、近寄ってみるとなにもない。そしてまた、ちょっと遠くに、さっきと似たような水があるように見える。

逃げ水《にげみず》

よく晴れて風のない日に起きるこの現象を、追っても追っても水が逃げていくから、逃げ水という。

地表近くの空気が日光に熱されて膨張し、ゆらっと空気の層がたゆたってプリズムのように、辺りの景色を道の表面に映し出す蜃気楼の一種だそう。アスファルトの路面に、青い空が映し出されるから、水たまりが広がっているのかなと錯覚する現象で、地鏡《ちかがみ》とも呼ばれる。

みづからのこゑ逃げ水のやうに聴くランボーの詩を読みあぐるとき　　小川真理子

近づけた、と思うとき、詩はすっと読み手をすり抜けて遠のいてしまうことがある。むしろそれが常といってもいいかもしれない。自分の声さえ、どこかとらえどころのないものに聞こえるほどで、裏返せば、この歌人は詩をよくよく見つめているのだと思う。読みの中を深く潜っていったとき、ふと詩に届いたように感じられる恵みのような瞬間が訪れることもある。

白雨《はくう》

明るい空から降る雨、白雨。薄い雲を透けてくる日の光に、白々とほのかに照らされる雨のこと。というと、きらきらした小雨のようすが思い浮かぶけれど、白雨には、夕立ちやにわか雨という意味もある。

夕立ちといえば、小雨どころか、激しい夕暮れの雨のこと。そんなざんざん降りの大粒の雨は白く見えるから、白雨。また、ちりやほこりを巻きあげる風が吹き荒れ、激しいにわか雨が降るさまを、黒風白雨《こくふうはくう》と呼ぶ。

七十二候では「大雨時行《たいうときどきふ》る」という夕立ちの候が、立秋の直前に訪れる。白雨ならきっと、夏の終わりを告げる雨にふさわしい。

木から木へこどものはしる白雨かな　　飴山實

秋の兆し　あきのきざし

「暦の上では秋ですが、まだまだ暑い日が続きます」と天気予報のキャスターが言うとおり、一年でいちばん暑い時期ではないか、と思うぐらい猛暑の八月七日、八日ごろに、立秋が来てしまう。立春でも書いたけれども、「立」は、はじまりのこと。立秋には、これから秋の兆しが現れはじめるよ、というメッセージが込められている。

熱風が顔にあたれど夕風に破れ目ありぬ　そこからが秋　　前田康子

ひぐれおしみ

ひぐらし、という蟬は、早朝や夕方にカナカナカナカナ……と鳴いて、夏の終わり、秋のはじまりを感じさせる。

七十二候では、秋の二番めに「寒蟬鳴《ひぐらしな》く」の候があり、俳句では、ひぐらしは秋の季語になるけれど、六月の終わりから九月ごろまで鳴き声を聞ける。

このあいだ　岡山で
〈ひぐらし〉を
〈ひぐれおしみ〉と呼ぶ人々がいる
と知って胸が鳴った
人を打つことばが日本のことばの中にある

そのことに
日本語の国に住む私は感動する

（川崎洋「ことば」より）

この詩を読んだとき、こちらの胸も鳴った。〈ひぐれおしみ〉って、なんてぴったりな名前だろう。夕暮れにひぐらしの声を聞くと、せつないような気持ちになる。ああ、セミが日暮れを惜しんでいる、と感じた人が名づけた名前なのだろう。

川崎洋はことばが好きで、探究心旺盛で、方言の研究にもずいぶん熱心だったらしい。そのおかげで、こんなにいい言葉を教わることができて、しかもこんな素敵な詩を味わえて、なんだかもったいないくらいだ。

そしてもうひとつ、この詩を読んで感じることがある。それは、日本スゴイと自画自賛する気持ちが、この詩にはみじんもないことだ。この詩には前段があって、「山という字は山そのものから／川という字は川そのものから／生まれたのですよ」と「横文字の国の人々」に説明するくだりがある。でもその「山」や「川」の話は、けっしておらが国の自慢話なんかじゃない。

ああ、知らなかった、なんていい言葉なんだろう……と川崎洋という詩人の思いは、それだけ。むしろ「日本語の国」に住んでいるのに知らなかった、と自分を小さく見せて、感動のほうを大きく描く詩だと思う。

己のすごさを声高に吹聴するのは、ほんとうは自信のない、薄っぺらな人間のすることだ。そうとわかっているのに、大声を出す者につい従ってしまいがちなのはどうしてだろう。もしかしたら誰もが自信なさすぎて、押しに弱いだけかもしれない。そんな世の中だからこそ、純粋な好奇心だけを抱えて、ことばに感動しつづける詩人の姿がこんなにまぶしいのだろうか。

それにしても「かなかな」という響きだけで、なぜこうも心が右往左往してしまうのだろう。夏の終わりに、あの鳴き声を通して、過去に置いてきた感情がこちらに呼びかけてくるかのように。

星合の空

ほしあいのそら

星合とは、天の星の逢瀬のこと。織姫と彦星が年に一度、会える晩。だから七夕の夜空を、星合伝説になぞらえ、星合の空と呼ぶ。

七月七日の七夕がなぜ秋なのかといえば、もともと旧暦の行事だったから。旧暦七月は一か月ほど遅く、新暦でいうと八月上旬ごろにあたる。その時分はもう立秋を過ぎており、季節は秋。旧暦の七夕のよさは、すっかり梅雨が明けているところだ。晴れた夜空で、二つの星が安心して一年ぶりの再会を喜びあえる。

とんぼ釣り

とんぼつり

秋の田畑や原っぱ、川原などに、とんぼがいっぱいに舞い飛ぶさまを眺めていると、どこかなつかしさがこみあげてくる。

虫取り網を握りしめ、あっちこっちへ追い回すうちに、あっという間に日暮れが来る。秋の日は釣瓶《つるべ》落とし、というように、井戸の水を汲もうと釣瓶を底へ落とす早さで、太陽がさっさか沈んでしまう。

とんぼ釣りは、細い竹や割り箸などの先に糸で雌のとんぼを結わえ、雄をおびき寄せて捕まえる遊び。でもほかにも、竹の先にとりもちをつけて捕えたり、葉先にとまっているとんぼに向けて指をぐるぐる回してめまいを起こした隙につまんだり……など、釣り方はさまざま。

糸の両端に重りをつけた仕掛けを投げて、空中でとんぼを絡めとる採り方は、すでに古代中国にあったとか。

蜻蛉《とんぼ》つりけふはどこまで行つたやら

江戸時代の俳人、加賀の千代女《ちよじょ》の作といわれるが、定かではない。宙に溶け入りそうな「行つたやら」という語感に心の落ち着かなさをほんの少し感じつつも、子らが野原を駆けていく姿が目に浮かぶ。まなざしのやさしい句だと思う。

御山洗い《おやまあらい》

夏の登山の季節を終えて、富士山が閉山する旧暦七月二十六日ごろ（新暦九月十日ごろ）に降る雨を、地元の人は御山洗いと呼びならわしたそう。古来、富士山は霊峰として信仰されてきたので、たくさんの人が足を運んだあと、山を洗い清めてくれる雨という意味。富士の山洗い、とも。

また富士山に初めて雪が降ることを、富士の初雪という。初めて山頂に雪が積もったら、富士の初冠雪と。

野分晴れ《のわきばれ》

古くは台風を、野分《のわき》といった。夜通し吹き荒れた翌朝、からりと晴れた台風一過の気持ちのいい天気を、野分晴れ、と。

やうやう夜寒になるほど、雁鳴きてくるころ、萩の下葉色づくほど、早稲田刈り干すなど、とりあつめたる事は秋のみぞ多かる。また、野分《のわき》の朝《あした》こそをかしけれ。

（吉田兼好『徒然草《つれづれぐさ》』十九段より）

（だんだん夜が寒くなってきて、雁が鳴いて渡ってきたり、萩の下葉が色づいたり、早稲の田んぼで稲刈りして干していたりなど、胸にしみる情景は秋にばかりある。それに、台風が去った次の朝はすばらしい）

野分の翌朝がいいという話は『枕草子』にも出てくるのだけれど、もちろん吉田兼好もわかっていて、でもやっぱりいいものはいい、と書いている。おそろしい嵐だったからこそ、どうにかやり過ごせた朝、安心して、喜びが湧いてきて、晴れ晴れとした気持ちになる。それが、野分晴れの気分じゃないだろうか。

秋本番
あきほんばん

空が澄んで明らかになる「明《あき》」。稲や草木が赤らむ「赤き」。稲刈り後の田んぼの「空き」。そんな「あき」の言葉の響きがぎゅっと詰まっているよう、秋という季節の中に。

ふと覚めた枕もとに
秋がきていた。

遠くから来た、という
去年からか、ときく

もつと前だ、と答える。
おとしか、ときく
いやもつと遠い、という。

では去年私のところにきた秋は何なのか
ときく。
あの秋は別の秋だ、
去年の秋はもうずつと先の方へ行つている
という。

（石垣りん「旅情」より）

冷たいわけではないけれど、温かいという感じもしない。しん、と静まった雰囲気が、石垣りんの詩には漂う。それだけになおのこと、秋の訪れの気配をしっかととらえている。

見るべきものを見、聞くべき声や音を聞き、感じるべきことを感じる人。ぽつりと言った一言さえ、世間という湖面に波紋を広げる響きを帯びる。

どこかさびしげで、それでいて人間味をけっして手放さない。やさしい人の条件をすべてそなえているのに、自分にだけはとても厳しい。そんな石垣りんの詩をそっと胸にしまうと、背すじが伸びる心持ちがする。

金風《きんぷう》

秋風のこと。稲穂がたわわに実る秋の田んぼに風が吹きわたる光景は、金色の風という名前がよく似合う。

古代中国では五行思想といって、万物は木火土金水《もくかどごんすい》の五つの要素からできている、という考えがあったそう。春は木、夏は火、秋は金、冬は水、土は土用。だから金風の「金」は、秋のこと。

秋風の別名はいろいろあって、色なき風、素風《そふう》、白風《はくふう》、爽籟《そうらい》などなどある。

吹くれば身にもしみける秋風を　色なき物と思ひけるかな

紀友則《きのとものり》

身にしみる風に色がない、と感じる心のさびしさは、たしかに秋のものかもしれない。それを素風と呼び変えると、なに色にも染まらない透き通った風、というニュアンスが感じられる。

とうぐわんの素にして白し秋の風　須加弁九男《きくお》

白風も同じように、秋の涼しい風を白と見立てたものだろうか？　これも五行思想になるけれど、五色《ごしき》の青、赤、黄、白、黒を四季に配して、青春《せいしゅん》、朱夏《しゅか》、白秋《はくしゅう》、玄冬《げんとう》という（黄は四季の真ん中）。この白と秋の結びつきから白風と呼ばれ、白＝素として素風という名がついたようだ。

爽籟とは、さわやかな秋風の響きのこと。「籟」とは三つ穴のあいた笛で、響きや声という意味もある。爽籟の二文字は、爽やかな響きを表す。

爽籟や布をゆたかに使ふ袖　朝倉和江

穂向き　ほむき

秋の田んぼに稲穂がたなびき、風の流れるほうへいっせいに向かうようすを、穂向きという。

父の故郷で、黄色い穂がそよぐ田んぼを眺めていて、そよそよと素直に風に従う光景が胸に残った。そんな稲穂の仕草に、穂向きという平明な言葉がぴったりな気がしてくる。波打つ光景は文字通り波のようで、穂のざわめきには生き生きとした稲の命が感じられた。田んぼで耳にした風の音の記憶までかきたてられるよう。

秋の田の穂向きの寄れる片寄りに君に寄りなな言痛《こちた》くありとも
但馬皇女《たじまのひめみこ》

（秋の田の穂向きがたなびき片寄せるように、あなたに片寄せたい。たとえ人の噂が立っても）

恋する相手にまっすぐ想いをぶつける歌だけれど、たおやかな稲穂にたとえているところなど、歌の調子にやわらかさも感じられる。熱くてやわらかな恋心、と捉えてみると、まっすぐな中にも心の余裕のようなものまで伝わってきて、恋の上級者だったのかな、なんて想像してしまう。

雁が音寒き
かりがねさむき

Vの字形に列をなして飛ぶ雁の鳴き声が、ああ、今年も聞こえてきた、というころの秋の寒さを、雁が音寒きという。仲秋の風物の一つで、その年初めてやって来る雁を、初雁《はつかり》と。

十月も半ばに差しかかるころ「鴻雁来る《かりきたる》」の候が訪れる。冬を越すために雁が渡ってくる季節のこと。雁の渡りの時期に吹く北風は、雁渡《かりわた》しと呼ばれる。もともと伊豆や伊勢の船乗りたちの間の船詞《ふなことば》で、波が高まって漁に出られない風だから気をつけろ、という意味が込められる。

同じころ、九月から十月にかけて畿内や中国地方で吹くのは、青北風《あおきた》。こちらは空も海も青く澄みわたり、涼しさを運んでくる風のことで、同じ十月の風なのに雁渡しとはずいぶんとニュアンスがちがう。

いまでは雁渡しという言葉は町でも使われるようになり、たとえば駅にこんな風が吹く。

KiOSK《キオスク》の書棚くるくる雁渡し　　岡本眸《ひとみ》

菊日和《きくびより》

菊が咲いて香り立つような澄み渡った秋の日を、菊日和という。
もう菊の見ごろだね、と。

菊の花で見事に作りあげられた菊人形を、各地の催しで楽しめる菊日和の季節を、一年間ずっと心待ちにしている人もいて、そうした人たちにとってこそ、この菊日和という言葉はあるのかもしれない。

思えば、九月九日は菊を愛でる重陽《ちょうよう》の節句、つまり菊の節句なのだけれど、いまではあまり聞かれない行事になってしまっている。

というのも、品種にもよるし、ハウス栽培はあるけれど、菊の開花が十月ごろ（旧暦九月ごろ）なので、重陽の節句はまさに菊の旬にぴったりだったのに、新暦に変わってしまって、新暦九月だとまだ菊の見ごろには早いから。七十二候でも「菊《きっ》花《か》開《ひら》く」の候は、十月中旬に訪れる。

もちろんほかにも理由はあるだろうが（こどもにも親しみやすい節句かどうかなど）、それにしても、菊にとってはちょっと気の毒なこと。菊日和という言葉を見ると、菊の節句もちょうどいい日和にあってほしいなと、ちらりと思いがよぎってしまう。七夕と同じように、旧暦で行ったほうがしっくりくる行事だろう。

菊日和身にまく帯の長きかな　鈴木真砂女《まさじょ》

秋深し
あきふかし

秋深き隣は何をする人ぞ　松尾芭蕉

初秋、仲秋と過ぎていき、秋深まって季節の終わりが見えてくるころ、なんともいえない寂しい感じが漂ってくる。

風は冷たく、月はさえざえとし、木々は葉を散らしはじめ、辺りの生気が静まっていくのにしたがって、まるで人の心まで閑散としてくるよう。それでいて黄色く染まった銀杏《いちょう》の木にハッとさせられ、じっと見つめたまま佇んだり、すっかり暮れるのが早くなった黄昏《たそがれ》に、山へ帰るカラスの声が胸に響いたり……。

寂しさの中に光るものを見つけたとき、それに惹きつけられる気持ちも高まる季節のように思える。

素朴な琴　　八木重吉

この明るさのなかへ
ひとつの素朴な琴をおけば
秋の美くしさに耐へかね
琴はしづかに鳴りいだすだらう

もみじ

もみじのことを、古名で「もみち」というのだけれど、これは「揉み出づ」から来ているそう。

衣を染めるとき、昔は植物などの色をもらって染液を作り、その染液に布をひたして揉んで染めていた。昔の人は、葉っぱがまるで衣を染めあげたように色づいている、と黄や紅に染まった木々を眺めたのではと想像してしまう。

そしてふと思う。紅葉を人の手仕事にたとえるだなんて、「もみつ」という言葉は、木々や、山や、大きく言えば自然に感情移入したような呼び名だな、と。赤いかえでを見た日には、手がうずうずしたのかもしれない。色を染めることと手で揉むことが、ほとんどイコールだった時代の実感から生まれた言葉。揉み出づ、もみつ、もみち、もみじ。

この山の黄葉《もみち》の下の花を我れはつはつに見てさらに恋ひしき　詠み人知らず

（この山のもみじの下に咲く花を、私はちらちらと見ては、なおいっそう恋しくなってしまう）

二時雨　ふたしぐれ

サアッと降りつけてはまた去っていく時雨《しぐれ》は、秋の終わりを告げ、冬のはじまりを知らせる兆し。その年初めて降る初時雨を機敏に見てとり、歌に詠むのが、昔は風流とされたとか。山あいを、あちらに降り、こちらに降り、と山から山へ白い雨脚が移っていくようすは、山めぐり、と。しぐれて去ったかと思ったら、再びやってきた時雨を、二時雨という。

二時雨並んで来るや門《かど》の原　小林一茶

にわか雨に降られると、文句の一つも言いたくなるものだけど、時雨にはそんな気持ちが起きないのはふしぎ。去ったと思えば、また降ってくる二時雨にしても、珍しい風物として楽しまれたようすが句から見てとれる。

降ったりやんだりする雨を、追っかけ日和《びより》、と呼ぶ方言もあるとか。

小春空

こはるぞら

小春日和《こはるびより》といったら、晩秋や初冬の寒さから打って変わって、春を思うような暖かい日が続くお天気をいうけれど、この「小春」というのは旧暦十月（新暦の十一月ごろ）のこと。そんな時期に、おだやかに晴れた青空が、小春空だ。

木枯らし吹く季節の一歩手前の、ぽかぽかした陽だまりでぼんやりと過ごしたい、つかのまの小休止。

冬の訪れ

ふゆのおとずれ

冬の語源は「冷ゆ」とも「古」ともいわれるが、民俗学者の折口信夫の説に次のようなものがある。

冬とは、寒さ厳しく、陰のきわまる季節だけれど、収穫の秋が終わり、次の種まきの春を迎えるまでの間に位置する季節でもある。一年の生命のサイクルが全うされたあと、新たな年のサイクルのために、生命力を呼び覚ます「振る」という意味が、冬にはある、と折口信夫はいう。いわば、ひとつの死から次の再生へと向かうゼロ地点ともいえる。

「振る」というのは、ものを振動させることが活気や生気をふるわせることにつながる、と昔の人が考えていた生命観だ。一年ごとに区切りがあり、充電期間が冬なのだとする捉え方には、ほっとさせられる。ただ寒さを耐えるだけじゃない。新しい力を蓄えることでもある。とそんなふうに思うと、枝先の蕾も、土の中の虫も、寒さにちぢこまる人間も、同じ境遇なんだと、ほんのり気持ちが明るんでくる。

凩　こがらし

七十二候には、十一月終わりから十二月初めに「朔風《さくふう》葉《は》を払う」という候がある。木枯らしが木々の葉を払い落とすころ、という意味。

朔風の「朔」は北を表すため、朔風とは木枯らしのことだ。木枯らしは「凩」とも書く。木をこごえさせる風のイメージが、この一文字によく表れている。左右がほぼ対称な字でもあり、鋭い風のイメージにぴったりだ。群馬の上州に吹きつける「からっ風」も、木枯らしの仲間。

霏霏　ひひ

雪や雨がたえまなく降りしきるようすを、霏霏として降る、などという。この言葉を知ったのは、茨木のり子の詩を読んだときだった。詩の情景とこの言葉がいっぺんに入ってきて固く結びついている。そんなふうに一つの言葉と出会えるのは、この上なく幸せな読書の喜びではないだろうか。

俺には一人の爺さんが居た
血はつながっちゃいないのに　かわいがってくれた
爺さんに小さな太鼓をたたかせて
三つの俺はひらひら舞った

（茨木のり子「居酒屋にて」より）

と、こんなふうに詩がはじまる。「俺」の話に登場する人物は三人。「一人の爺さん」と「一人のおふくろ」、そして「一人の嬶《かか》」。

どういうわけだか俺を大いに愛《め》でてくれて
いやほんと
大事大事の物を扱うように
俺を扱ってくれたもんだ

（同）

「俺」の名前は「源さん」という。人生をふりかえり、自分を愛してくれた三人のことを、深酒してへべれけになりながら語りつづける。

「みんな死んでしまいやがったが／俺はもう誰に好かれようとも思わねえ／（中略）／俺には三人の記憶だけで十分だ！／三人の記憶だけで十分だよ！」（同）

愛というものの苛烈なさまが、この言葉に凝縮されている。どれほど愛されれば十分なのか。どれだけ愛されてもまだ足りないのか。人それぞれに愛の受けとめかたが異なることに思いを馳せて、詩は閉じられる。

そして「霏霏」という言葉は、ラストからひとつ手前の連に出てくる。

汽車はもうじき出るだろう
がたぴしの戸をあけて店を出れば
外は
霏霏の雪
（同）

おそらく詩人は「源さん」の話を聞くともなく聞いていて、ふと居酒屋の店内から外へ視線を移したとき「霏霏の雪」を目にしたのだろう。

この詩は、茨木のり子の『人名詩集』という詩集に収められている。タイトルどおり、すべての詩に、名前を持った登場人物が必ず出てくる。それぞれの人物にフォーカスした詩が次々並び、読むほうも人物の言動についつい意識を向けて読んでいくが、そこに挿し挟まれるのが、この雪の情景描写だ。さして特別な景色を捉えているわけでもない。なのに「霏霏の雪」という言葉がくっきりとした輪郭を持っている。

降りしきる雪の静けさがしみ入った心で、もういちど源さんの話に立ち戻ると「俺には三人の記憶だけで十分だ!」という言葉に胸をつぶされそうに締めつけられる。人間が生きる意味も、幸せとは何かということも、この言葉にどれはど詰まっていることか。

あったできごとをそのまま書けば詩になる、というものでもない、たとえその居酒屋に居合わせたとしても、誰にでも書けるわけではない。

この詩に書かれるべき大切な言葉を、一言の漏れもなく茨木のり子は書いた。この詩人が、人生の悲しみも、喜びも、何より人間にとって幸せがどれほど遠く、なおかつ身近であるかについても深く知り抜き、その重みを全身で受けとめる者であることは、つまり本物の詩人であることはまず間違いないだろう。

一陽来復《いちようらいふく》

冬至を過ぎればまた日が長くなる、ということ。
転じて、悪いことがあったあとには、いいことがある、
という意味にも使われる。

冬至は十二月二十二日前後にあり、一年でもっとも昼が短く、夜が長い日。陰陽でいえば、陰がきわまる日ということになる。けれどここからまた陽の気が日一日と満ちてくる、と一陽来復という言葉は告げている。

門前の小家《こいえ》もあそぶ冬至かな　野沢凡兆《ぼんちょう》

いまの世の中、どん底に落ちた、と思わざるをえないことが何度も押し寄せてくる。底を打ったと思ったら、もっと深い底が待ちかまえていることもある。それでも、たとえどん底にあろうとも、人の心身に新たな生命力が湧いてくるときが来る。こんこんと静かに湧きだす泉のように、心がかすかな光を見つけ、体の奥底がほのかに暖められるときが。生命を宿すというのは、そんな生命力の恩寵に無条件にあずかることなのだと、ほんの四文字の、この言葉は告げている。

夜が明けたら　　　POGE

夜が明けたら、
水を飲もう

この詩もわずか二行の中で、語られるべきことが語られている。たとえいつかは夜が明けるとわかっていても、太陽が出るまでを一分、一秒と耐えて過ごさなくてはならない。そんな体験をしたことはないだろうか？　ひたすら夜明けを待ちながら、遠い。時が過ぎるのがいやに遅く感じられるような、永遠に朝なんてやってこないんじゃないかと思わされるような、そんな夜を送ったことは？

そんなとき、夜明けに「水を飲もう」とつぶやくことは、瑣末《さまつ》な思いつきにしか見えないかもしれない。飲みたければ、いま飲めばいい、といって。でもそんなささやかな希望を夜明けの先に抱くことで、生き延びられる夜というものはある。

もっとも夜の長い冬至が、陽の気を取り戻すはじまりの日でもあるように、果てしない夜の向こうに見つめる、ささやかな希望だからこそ歩みを運べる。

三寒四温《さんかんしおん》

三日寒い日があったら、次の四日は暖かい日が続くよ、それをくりかえすよ、だなんて、ふしぎといえばふしぎな気候を表す言葉が、三寒四温。シベリア高気圧のしわざらしい。いまでは春先にいうけれど、もともとは冬の気象を指していた。というのも、海を渡った向こう、中国東北部や朝鮮半島の天気にまつわることわざだったから。

でもさすがにいくら言葉だけ持ってきても、気候風土までは持ってこられない。日本の気候だと、春先に寒くなったり暖かくなったりするので、その時期に使うとちょうどよかった。同じ言葉でも、ところ変われば気候も変わり、使える時期も変わってくる。

正月の言祝ぎ《しょうがつのことほぎ》

昔、数え年で年齢を数えていたころ、新しい一年のはじまりに、みんな一斉に齢を取った。大晦日の夜に食べるごはんを、年取りの飯と呼んだのは、年が明けたら齢を取るものだったから。

あけましておめでとう、という言葉ってもしかしたら、誕生日おめでとう、という気持ちも込められているのかもしれない。数え年だったころの、昔の名残りで。
祝いの言葉を述べることを、言祝ぐという（「寿《ことほ》ぐ」とも）。もともとは、言葉を口に出してほめることで、その言霊《ことだま》の力によって祈りや願いが叶うようにする、という意味があった。「ほく（ほぐ）」という古語は、祝い、祈ること。

元旦《がんたん》

元旦というのは、一月一日の朝のこと。元日の一日じゅうではなく、朝限定。というのも「旦」の字には、朝や夜明け、明日という意味があるのです。

「旦」は、地平線から太陽がのぼるところを表す漢字と説明されることが多いけれど、じつは「旦」という漢字を遡って、もともとの象形文字を見てみると、雲の上に太陽がちょこっと顔を出したようすを表しているのがわかる（白川静『字統』より）。地平線じゃなくて、雲。もし太陽と朝雲なら、地平線の日の出よりも、空が明るくなった朝のイメージが浮かんでくる。朝ぼらけのような。

年賀状に「〇〇年　元旦」と書き添えるのは、元日の朝にあなたに新年のごあいさつを申し上げます、と年始の最初の最初に伝えたいという礼の心から。

御降り《おさがり》

一月一日（または三が日）に降る雪や雨を、御降りという。新年にあらたまった気持ちになって、天から受けとる水の恵みを敬って呼ぶ。五穀豊穣の吉兆ともいわれ、御降りがあると、富正月《とみしょうがつ》といって喜ばれた。

御降りの雪にならぬも面白き　　正岡子規

たしかに、正月から雨かぁ、とぼやくより、豊作の兆しだと喜んだほうが、幸先がよくて気分もあがる。せっかくのお正月、おめでたい雨のご利益にあやかりたいものですね。

直会《なおらい》

神さまに供えた食べものを、あとでみんなで分け合うのが、直会。見えない存在と食事をともにするならわしで、お盆や収穫祭など、祭礼を行ったあとに供えものをいただくことだけれど、正月に食べる雑煮にも、じつはこの直会の意味がある。方言で雑煮のことをナオライ、ノーレイなどと呼ぶところもある。

そもそも新年の餅は、年神さまの依り代（神さまが宿るところ）だと考えられてきた。鏡餅などは、まさにお供えもの。そんな神さまのエネルギーが詰まった餅をいただくのが雑煮なわけで、単なるおせちの脇役でもなければ、手早く済ませたいときの正月の昼ごはんでもない。年神さまと深く結びついた、新年のいちばん大事な食事だ。雑煮は直会。

物足りてこころうろつく雑煮かな　　　　　金子兜太

玉箒 たまははき

蚕を飼っている家では、正月の子《ね》の日には、蚕室《さんしつ》（蚕を飼う部屋）をそうじする慣習がある。そのときに用いるのは、玉飾りのついた小さな箒《ほうき》で、玉箒という。蚕は絹を生みだすありがたい存在なので、年の始めに美しい箒で掃き清めるのは大事なならわし。

そして、なぜか酒のことも玉箒と呼ぶそうだ。なぜ酒が箒？　と思ったら、現世の愁《うれ》いを掃いて払ってくれるから、とのこと。「酒は愁いの玉箒」ということわざまであるぐらい。十一世紀ごろの中国、北宋時代の詩人、蘇軾《そしょく》がこんな詩を書いたのがもともとの由来とか。

應呼釣詩鉤　　応《まさ》に詩を釣る鉤《はり》と呼ぶべし
亦號掃愁箒　　亦《ま》た愁《うれ》いを掃《はら》う箒とも号《ごう》せん

（蘇軾「洞庭《どうてい》の春色《しゅんしょく》」より）

（こんなにうまい酒をなんと呼ぼうか。詩を釣りあげる釣り針か。それとも、愁いを払ってくれる箒か）

愁いを払うというと、うっぷん晴らしの暗い酒かと思いきや、この詩を見ると、隣りに並んだほめ言葉が「詩のインスピレーションを釣りあげてくれる魔法の飲み物だ！」というほど前のめりな持ちあげっぷりなので、暗い酒というよりも、むしろ胸がスッとする清々しい美酒を歌っているんだとわかる。楽しいお酒が、いいお酒。

目の正月

めのしょうがつ

目の保養、眼福《がんぷく》などと同じ意味。美しいものを見たときなどに使う言葉。「正月」というのは比喩で、いいものが見られて、いい日だな、ぐらいの意味。目正月ともいう。

月の鏡小春に見るや目正月　　松尾芭蕉

鏡のような月を秋のおだやかな夜に眺めるのは、目の正月だな、というほのぼのした感慨の句。でも「月」、「鏡」、「春」、「見」、「目正月」とカクカクした漢字が連なると、ほのぼのというよりも、どちらかといえばややカチッとした印象を抱いてしまう。のどかに月を眺めているにしては、文字の並びが直線的というか。澄んだ夜空から降る月光というのは、この句のようにまっすぐで、少し硬質な肌ざわりだったんだろうか。

ちなみに小春のころ（旧暦十月。新暦の十一月ごろ）は、稲刈りを終えた農家が、暖かい日に済ませておこうと冬に備えて家を直したりするなど、忙しくて手が回らなかったあれこれに手を入れる時期だったそう。

寒の光景
かんのこうけい

三が日を過ぎたころ、寒の入りとなる。

一月の中に、正月があって、寒があって、小正月があって……と、いくつも小さな季節が入ってくるのは楽しい。一月六日前後に、二十四節気の小寒という季節が訪れる。ちなみに七十二候では「芹乃栄《せりさか》う」の候。

この小寒が半月ほど続き、七十二候の季節が五日ほどで移ろい、こんどは一月下旬に大寒が訪れる。その大寒は節分まで。節分の翌日が立春で、そこから新しい一年のサイクルがはじまる。

寒というのは、小寒と大寒を合わせた時期のことだ。寒の時期に送る寒中見舞いは、年賀状を差し控えるときにも送るけれど、一年でいちばん寒い季節にお見舞い申し上げます、という挨拶状でもある。

氷面鏡

ひもかがみ

「水沢腹《みずさわあつ》く堅《かた》し」というのは、七十二候の真冬の候だ。沢の水がぶ厚く張りつめるころ、という意味で、一月下旬の大寒にめぐってくる。

真冬に氷の張った湖面を眺めると近くの山が映り、天地をさかさまにして二つの山がそびえているような光景に出会える。つややかな氷が張って、まるで鏡のようなことを、氷面鏡という。体の芯まで凍てつく寒の内にも、ハッとさせられる光景を、自然は用意してくれている。

どつかの池が氷つて居そうな朝で居る　尾崎放哉《ほうさい》

雪が舞いそうな気配、霜が降りそうな気配などを感じることがあるけれど、それと同じように、どこかの池や湖が凍っていそうだな、と寒さに思うことがある。そんな体感は、時に地面をつたって足元へとやってくるのかもしれない。ぶるるっと寒気が下から来るように。

水が凍るときに鳴る音は、氷の声と呼ばれる。氷の表面に現れる模様は、花のようだから、氷の花。ほかにも、実際に何が凍るわけでもないのだけれど、さえざえと冷えた夜の月を眺めて、月氷ると言い表したり、寒さ厳しい日の寺の鐘のようすを、鐘氷る、と俳句で詠んだりする。

今は何を言っても凍るから
何も言わず
そして
ひたすら春の来るのを待とう
春になれば
きっと解けるに違いない
たくさんのおはようといっしょに
ぼくの言葉も
君の言葉も
それらのぶつけ合った訳も

（高階杞一《たかしなきいち》「春になれば」より）

ああ、たしかにこんなふうに言葉が凍るときもある。朝、おはようと話しかけても返事がない。なにかほかにも言ったけれど、相手には聞こえてないみたいで「たぶん凍ったせいだろう」（同）と、詩人はつぶやく。悲しいけれど、どうにもやるせない気持ちを抱えてしまうけれど、関係が冷えきって、にっちもさっちもいかない状況はある。でも氷が溶ける日がまたきっと来るんだ、と自分に言い聞かせているかのよう。

この詩を読んだのは学生時代だった。そのときに受けた鮮烈な印象がいまも心に残っている、人と人との関係の、雪どけを待つ思いとして。

風花《かざはな》

冬の青空を、ちらちらと雪が舞う。風にのって運ばれてくる。晴れているのに、舞いちる雪が、風花。絵になるし、情緒がある。どこかでいちど目にしたことがあるような気がするが、映画だったかもしれないと思うほど幻想的で、現実だったという確証を持てない。

そういうものって却《かえ》って、詩にしにくい。そう感じてしまう。すでに自然が美しすぎるとき、それをどう言葉にしたらいいのだろう。

風花はすべてのものを図案化す　高浜虚子

雪えくぼ《ゆきえくぼ》

雪が笑うわけではないけれど、降り積もったあとに暖かくなって日射しが当たると、雪の上にいくつも点々とくぼみができることがある。それが雪えくぼ。

ほかにも積もる雪の形はさまざまで、名前もさまざまに。

電柱や木の上に雪が積もって、もっこりと松茸みたいな形になるのは「かむりゆき」。冠雪と書くのだが、これを「かんせつ」と読んだら、山の頂に雪が降り積もって冠のようにかぶさることをいう。

枝の上に、そっと積もった雪が、ずれて紐状に垂れさがっているのは、雪紐《ゆきひも》。

雪どけがはじまったころ、木の根元のまわりだけ雪が溶けて地面が見えているのは、根開《ねあ》き（雪根開《ゆきねびら》き、根まわり穴とも）。

それから雪の斜面や、風が吹いたら平地でも、最初は小さな雪玉だったのが、転がるうちに雪だるま式に大きくなってロールケーキやタイヤみたいな形になることがある。これは、雪まくり。

こんなふうに雪は思いがけず、いろんな姿を見せてくれる。自分だけの小さな雪の情景を見つけたら、それに名前をつけてもいい。昔の人はそうやって知らず知らずに、こんなにいろんな雪の名前を考え出したのだから。

雪時雨 ゆきしぐれ

雨かなと思ったら雪がちらついてきたり、雪まじりのまま雨が降ったり、といった移ろいやすい空模様を、雪時雨《ゆきしぐれ》と。

六甲の峰のどこかが雪しぐれ　山田弘子

山を見れば、どこで降っているのかぐらいわかりそうなものなのに、と思うけれど、雪時雨となるとそうはいかない。降ったりやんだり、雨になったり雪に変わったり。「どこかが」という緩やかな見方が、とらえどころのない空模様にはちょうどいい。

歳月
さいげつ

月日は百代《はくたい》の過客《くわかく》にして行《ゆき》かふ年も又旅人也
（松尾芭蕉「おくのほそ道」より）
（月日は永遠の旅人であり、訪れては過ぎ去る年もまた旅人だ）

時は誰にも止められない。旅立ちたいと願う自分の心も、同じように止めることはできない。芭蕉はそんな思いから、おくのほそ道の旅に出た。

歳月というのは、人の心の奥深くに、いつしか棲みつく言葉なのかもしれない。時を惜しみ、時という旅人の背を追うように、人も歳月の流れの中を旅していく。

だが、時の流れは止められなくても、自分は流されまいとする人の姿はある。

歳月だけではないでしょう
たった一日っきりの

稲妻のような真実を
抱きしめて生き抜いている人もいますもの

（茨木のり子「歳月」より）

二十五年の結婚生活のあと、夫に先立たれ、茨木のり子は三十一年間を過ごした。亡き夫について書いた詩は、相手のイニシャル「Y」とだけ記した箱に収められ、茨木の死後に詩集『歳月』として発表された。生きているうちに発表するのは「一種のラブレターのようなものなので、ちょっと照れくさいのだ」という詩人の言葉が、茨木の甥による詩集のあとがきに記されている。

歳月の重みの前にも、持ちこたえる美しい精神の持ち主はいる。そのことを、この詩と詩集とが告げている。「たった一日っきり」という言葉がしみる。それに比べたら二十五年は長い、などという意味ではない。先立たれればそれまでなのだから、過ぎてしまった一日と二十五年の長さは比べようもない。茨木は「稲妻のような真実を抱きしめて生き抜い」たのだと思う。そのことに胸打たれる。

星霜《せいそう》

年月、歳月のことを、星霜という。なんて壮大でロマンチックな言葉だろう。

星は一年をかけて天をひとめぐりする。霜は毎年くりかえし降る。そんな一年のひとめぐりやくりかえしを意味する二つの言葉を一つにして、星と霜が年月を表す。また、星は春夏、霜は秋冬を象徴して、合わせて一年、という意味合いもあるのだとか。

四時《しいじ》

四季、春夏秋冬のことを、四時というのがおもしろい。「よじ」ではなく「しいじ」。「しじ」とも読む。

朝、昼、夕、夜のことも四時という。

晦、朔、弦、望といって、月の満ち欠けを表し、一か月の目印になる四つの日を四時ということもある。「晦」は晦日。月が見えなくなる月末の日。「朔」は朔日。新月で、月初めの日。「弦」は上弦、下弦。半月の日。「望」は望月。満月の日で、十五日。

一日、一月、一年にそれぞれの四時がある。

春夏秋冬に梅雨を足したら一年は五時だな、正月も合わせたら六時になってしまうな、とか。朝、昼、晩だと一日は三時だな、とか。上弦の月と下弦の月を両方入れたら晦、朔、上弦、望、下弦で、一月も五時だな、とか。そんな細かいつっこみを入れたくもなるけれど、同じ数で揃えているほうが物事としてきれいなのかもしれない。

千歳《ちとせ》

七五三に食べる千歳飴《ちとせあめ》は、すくすくとこどもが成長しますように、と願って、長寿という意味で千歳と名づけられたそう。千歳とは千年、そして長い年月のこと。鶴は千年、亀は万年、というのも長生きを表す縁起のいいことわざとされている。

いまから千年前というと、藤原道長が自分の娘を帝の妻、つまり皇后にして、藤原氏が全盛期を迎えている。ずいぶん昔。まだ平安時代だ。そう考えると、千歳といったら、悠久の時のよう。そんな途方もない時間を名前に持った飴をなめるだなんて、七五三というのも、思えばすごい行事だ。ちなみに千歳飴は、江戸時代に東京の浅草寺で売り出されたのが由緒だとか。

もう千年も生きてきたから
いまさら喋ることもない。
もう千年も生きてきたこと
私は少しも
覚えていない。

敷石、枕木、レール、信号。
無数の私のひとりの私が

午後の電車の一番うしろで
つづく線路をながめている。

（小川三郎「午後の電車」より）

午後の電車の一番うしろでつづく線路をながめていると、いったいこの世のなにが見えてくるのだろう。町中を走る電車が、後ろへ後ろへと置き去りにしていく家並み、町並みの光景は、千年という途方もない時間と引き比べてしまえば、浮かんでは消える泡沫《うたかた》のよう。

諸行無常のはかなさを映しだすものは、川の流れとはかぎらない。車窓の景色もじゅうぶんに、悠久の時のはかなさを教えてくれる。それでも、はかない命が、はかない景色をながめているのは、そうしたくなるからだ。千年も生きてきたことを少しも覚えていないくらい、時の移ろいはいずれにせよあっけない。いまながめたければ、いま思う存分ながめたらいい。遠慮はいらない。

光年《こうねん》

光はたったの一秒で、地球を七周半してしまう。すごい速さだ。太陽からスタートした日の光は、八分ちょっとで地球にゴールする。そう言われても、速いのか遅いのか見当もつかないけれど、きっと速いんだろう。だって、太陽までは一億数千万キロも離れているというのだから。

そんな光が一年かけて辿りつくほどのはるか彼方が、一光年。約九兆四千六百億キロメートル、といわれても途方もなくて想像できない。太陽まででもわからないのに、「億」と「兆」では桁どころか単位さえちがう。遠くに思える太陽だって、一光年と比べたら、ほんの目と鼻の先。

万有引力とは
ひき合う孤独の力である

宇宙はひずんでいる
それ故みんなはもとめ合う

宇宙はどんどん膨んでゆく
それ故みんなは不安である

二十億光年の孤独に
僕は思わずくしゃみをした

（谷川俊太郎「二十億光年の孤独」より）

おそらく多くの大人は、ふだん宇宙のことを考えない。むしろこどものころや、青春時代に、この世界はどうなっているのだろう？　この宇宙はなぜあるのだろう？　と考えたことがあったかもしれない。

宇宙の深淵を想像し、その謎を覗き込むときに感じる不安というのは、思春期の少年の心が抱える将来への不安と少し似ているかもしれない。宇宙も、将来も、どちらも自分がちっぽけに感じるほど途方もなく思えるところが。

くしゃみが出てよかった、と思う。人間にはちゃんと、出るべきときにくしゃみが出る肉体があり、しっかりと心を包んでくれている。何十億光年だなんて広大さすら珍しくもない宇宙の果てしなさに、うっかり飲み込まれそうになったときにも。

第四章

一生の言葉

誰もが、その人だけの一生の途上にいる。生きるさなかで出会った言葉に、もし心を動かされることがあったら、その言葉はきっと一生もの。そして詩は、生きている命を、この世に存在する人を、肯定する言葉だと思う。この章にあるのは、一生にまつわる言葉。その中のひとつでもふたつでも、心に残るものがあれば何よりです。

生まれる命

数十億人の人間が地球上に生きているなら、数十億の、その一人、その一人が奇跡をくぐって生まれてきた。

いまこうして、ここにいるということは、生まれてきたということ。みんな、赤ん坊だった。命が生まれるとき、命がけの行為があり、誕生は奇跡だと思う。

息吹き《いぶき》

息づかいや呼吸というだけでなく、息吹きには、兆しや気配、生気といった意味がある。たとえば春の息吹きというように。

「息吹き」「生き」「命」「いきおい」などに共通する「い」の音は、もともと「氣《い》」という意味だったとか。息をすることは、生命であることの証だとして、命という言葉の「い」の音も、「生き」や「息吹き」の「い」から来ている。「息」と「生き」が同じ音なのは、同じ根を持つ言葉だから。

子は子を生んで
子は子のなかで
繰り返された

何万ものこの日々を
今日と祝う
　　子は
　　またこうして
　何万もの子のなかで
生み生まれたうれしくて
抱きしめた

（高橋正英「クレピト〔オンコルヒュンクス〕」より）

生まれくる息吹きは、次から次へと命を命へ継いでいく。祝福の言葉を贈ることを言祝《ことほ》ぎというが、子から子が生まれていくことをくりかえし言祝ぎ、ひとつひとつの命に祝福の言葉が贈られるこの詩は、生命の息吹きそのものを見つめるよう。

身ごもる　みごもる

妊娠、懐胎することを、身ごもるという。生命が、母の胎《はら》＝身に籠《こも》るという意味。身重も意味は同じ。重いのは、胎児の体重の重さのことだけれど、生を得た子の命の重さをも含んでいるのだろう。

「まだ三ヵ月なのに
どうにも出てきそうなので
駄目だよと
こころで念じるけれど
ほろほろ、ほろって
こぼれるように飛び出し
てのひらのうえ
とてもちっちゃな赤ン坊が
泣いている……
どうしようか
と
よく見たら、
携帯電話がぶるぶる
ふるえていて
心臓が止まるくらいびっくりしたのよ」

（竹内敏喜「鼓動」より）

母が眠りの中でも胎児の気配を感じているとき、胎内の子も、母の鼓動を感じているだろう。母の声も、夢を見ている間の驚きも、起きてからの安堵も。おなかの内と外に隔てられて顔を合わせることはできないにせよ、すぐそばにいる存在の気配は濃密に伝わりあっているだろう。

帯祝い《おびいわい》

妊娠五か月めの戌《いぬ》の日に、安産を祈って紅白の腹帯（岩田帯《いわたおび》）を巻くならわしがある。戌の日に祝うのは、お産が軽い犬にあやかってのことだそう。地方によっては「うぶいわい」ともいって、「うぶ」とは「産」のことで、帯祝いの「おび」も産の意味があったかもしれないとする説がある。

昔は貧しさゆえにこどもを育てきれず、やむなく間引きが行われた。この帯祝いの行事には、いまおなかの中にいる子は生まれることをちゃんと望まれているんだぞ、とアピールする意味合いもあったとか。

迷信だろうとなかろうと、帯でもなんでも、少しでも安産の足しになるならどんどん巻けばいいと思う。これから人を産もうという人が、ほっと安心できるなら。

産衣《うぶぎぬ》

赤子に初めて着せる服を産着《うぶぎ》といったり、産衣といったりするけれど、産衣というと、お宮参りに着せる晴れ着を指すこともある。

出産前に準備するので、赤ん坊の小ささをまだ実際見ないうちに産衣を目にすると、思ったよりもずっと小さく、これから生まれてくるのがどんな存在の生命なのか、うっすらと予感させられる。

生後すぐの人の体はか細く、産衣を着るというか、くるまれるというほうが近い。赤ん坊をくるむ布を、おくるみと呼ぶけれど、服も布もどちらもくるむといって差し支えないくらい。

手児《てご》

幼いこどものこと、あるいは母や父に抱かれている子のこと。「てこ」とも読む。また、少女、乙女のことを表すこともある。手児奈《てごな》というと、かわいい少女のこと。

母の手の中で育てる子から手児と呼ばれたとも、たえなるかわいらしい子からとも、語源にはさまざまな説がある。

このよで　もっとも
やわらかいものを
にぎるときは

ゆっくりとちからを　そのもののひょうめんに
つたえ
おしかえしてくる　かすかな　いきるちからを
うけいれながら
じぶんのほうへ　すこし
しりぞくこと
なんだ

にぎるものと　にぎられるものが
やわらかくくいこみながら　べつのせかいへ
そのまま
にぎられてゆく

ということかな　きみの
てをにぎると　いうことは

（松下育男「にぎる」より）

この詩のいちばん好きなところは、この詩そのものがあたかも、きみのやわらかいてをにぎるように、そっと、ゆっくりと、やさしく書かれているところ。こどものてをにぎる、というただそれだけのことが、この世でもっとも尊いと詩人は告げている。声高にではなく、ねむっているこどもを起こさないようにと小声で打ち明けるような静けさのなかで。

幼目《おさなめ》

幼児の目や、幼いころに見たことを、幼目という。こどものころに見た、記憶の中の情景を。つまり幼目というのは、心の原風景にも等しいものかもしれない。

わたしはいつも　がじゅまるの
かげにかくれていました
しかられたとき　すねたとき
あたたかいはだに　よりたいとき
じぶんのこころがみえない　とき
あれは　ゆめのなかでしょうか
ぼうえんきょうのように

とおいけしき
いえ　いえ　そっと
てのひらをひらけば
まだしっかりにぎっている
いっぽんの　がじゅまるの　ね

（久宗睦子「あるばむ」より）


がじゅまるというのは、沖縄などの南国で見られる、枝葉を鬱蒼《うっそう》と生い茂らせる木。気根といって、枝からひげのような根を何本も垂らしている。「いっぽんの　がじゅまるの　ね」というのは、おそらく気根のことだろう。

がじゅまるの木には、キジムナーという妖精が棲んでいるという。ひょっとするとこの少女は、がじゅまるだけでなく、キジムナーにも見守られていたのかもしれない。

心の名前

やわらかい心、頑《かたく》なな心、ゆれる心、芯の強い心……。

いろんな心があるけれど、どれも見えない。見えないけれど、いろんな心に名前がついている。名前がつくことで、どんな心かわかることがある。

春秋に富む《しゅんじゅうにとむ》

春秋とは、歳月のこと。まだまだ先の歳月に富んでいる、というのは、若くて可能性に満ちているという意味。これとは逆に、春秋高しといえば、高齢のことを指す。

一概に何歳まではいえないけれど、若い心はやわらかい。今日知ったことが、明日身についているということも珍しくない。未知のものをすんなりと吸収して、学び、身につけ、どんどん変わって伸びていける。

のびろのびろ　だいすきな木
みんなみんながすきだから
ひとりひとり　そらにむかって
いきをしているよ

（加藤勇喜作詞「のびろのびろだいすきな木」より）

アン・サリーがおおらかに歌うこの歌は、木に向かって呼びかけながら「ひとりひとり」と言い換えることで、木＝人が、おおらかに気持ちよく伸びていくイメージをたたえている。伸び盛りの子らや、若者へのエールのような響き。

そのもう一方で、若い時代を無為に過ごしてしまったと嘆く歌もある。

二十代過ぎてしまへり「取りあへずビール」ばかりを頼み続けて　　田村元

悔いとも、ぼやきとも読めるけれど、いまの時代、二十代を生きるのはけっして簡単ではない。ハードな時期を、ビールを頼み続けてでものりこえたというのは、何もしなかったのと真逆で、すごいことではないだろうか。自分の人生を突きすすむ足腰というか、地に根をしっかと張りめぐらせた時期を過ごしたのではないだろうか。

そして若い世代という宝物がすくすく伸びるほど、世の中そのものも豊かになっていく。春秋に富む若者が生きやすいように道を整えるのは、大人の側の仕事だということを、ゆめゆめ忘れてはならない。

恋風《こいかぜ》

恋心がつのるあまり、風に吹かれて身にしみるような切なさを、恋風と。ただ顔を見るだけで、一言言葉を交わすだけで、胸の鼓動が速くなり、そうかと思ったら、会えない時間がものすごく長く感じられたり、いてもたってもいられなくなったり、自分の心を抑えきれないつらさ、切なさは、恋に特有のもの。

すきですきで変形しそう帰り道いつもよりていねいに歩きぬ

逢えばくるうこころ逢わなければくるうこころ愛に友だちはいない

全身があなたを眩しがっている　きん・にく・つう・よ・永・遠・な・れ

雪舟《ゆきふね》えま

恋しさゆえの幸せも、孤独も、尊さも、激しさも、静けさも、雪舟えまの、これら三首の歌にぎゅっとつまっていて、読むだけでこちらの胸まで締めつけられる思いがする。歌われた思いは、永遠に命を得て、その歌をだれかが読むたびに、新たに新たに生まれる。そのこともまた喜びとなって、人と歌との間にあるかのよう。

天衣無縫《てんいむほう》

天に住むひとの衣には、縫いあとがない、というたとえ。そこから転じて、技巧のあとや、うまく作ろうとした意図をまったく感じさせず、ただただ自然で、それでいて完璧に美しいありようをした詩や文章のことをいう。また、天真爛漫な人のようす。

見ても見えんで
ナンにもない
のが
大傑作だろうよ
な　たぶん

（まど・みちお「傑作」より）

禅問答のような言葉だけれど、天衣無縫ってなに？　というのを詩で考えたら、こういうことじゃないだろうか。百四歳まで生きたまどさんは、九十九歳、百歳、と新しい詩を書き、絵を描き、自分の道を歩きつづけた。そんなまどさんが理想とする大傑作が「見ても見えんで／ナンにもない」。それっていったいどんな詩だろう？

この詩の前半部分では「若い人の詩」のことをこんなふうにいっている。

ワカランから
傑作《けっさく》なんだろうが
でもワカラン
ということがワカル

（同）

だから傑作だけれど、大傑作とまではいかないだろう、と。

「若い人の詩」というか、現代の詩には、シュルレアリスムと呼ばれる手法を採ったものが多々ある。言葉と言葉の見たこともない組み合わせや、だまし絵のように複雑で逆説的なフレーズなど……。それらは難解な詩と呼ばれることがあって、たしかに意味はワカランし、あえてワカランようにしていることは一見してワカル。絵にたとえるなら、写実的なデッサンに慣れた目でピカソの絵を見てびっくりするようなもの。

まどさんが大傑作と考える詩は、シュールな詩とは正反対だろう。読んだら意味がぜんぶわかるのに、何度読んでもわかった気がしない。とらえどころがなくて、ナンにもない詩。それってまさしく天衣無縫の詩。

それにしても百歳を超えたまどさんから見た「若い人の詩」って、いったい何歳の人が書いた詩のことだろう？

帰去来《ききょらい》

陶淵明《とうえんめい》の漢詩に由来する言葉。官職を辞めて故郷に帰り、その地を去ることをいう。「かえりなんいざ」と読み下される。

歸去來兮　帰りなんいざ
田園将蕪　田園将《まさ》に蕪《あ》れなんとす
胡不歸　胡《なん》ぞ帰らざる

（陶淵明「帰去来兮《ききょらい》の辞」より）

（さぁ、家に帰ろう。田園が荒れ果てようとしている。帰らないわけがない）

疲れきった自分をいたわり、もう十分勤め人としての仕事はやった、いま選べる道があり、故郷に帰る選択肢もある、本心から求める道を進もう、と人生の転機と向かいあう心境が歌われる。世事をうとましく思う厭世の感があり、いつの時代にも人間らしく生きようとする悩みがあることを、四、五世紀に生きた詩人の言葉から知らされもする。

人の世話にばかりなって来ました。これからもおそらくは、そんな事だろう。みんなに大事にされて、そうして、のほほん顔で、生きて来ました。これからも、やっぱり、のほほん顔で生きて行くのかも知れない。そうして、そのかずかずの大恩に報いる事は、おそらく死ぬまで、出来ないのではあるまいか、と思えば流石《さすが》に少し、つらいのである。

（太宰治「帰去来」より）

放蕩の小説家が郷里へほんのわずかな間、帰る。その顚末を記した短編に出てくる二人の世話焼きが愛情深く書かれているのが印象的だ。それにしても、右に引用した文章のとおりに、最後までどうしようもない性分ながら憎めないのは、やはりそれも人柄なのだろう。「みんなに大事にされて、そうして、のほほん顔で、生きて来ました。」という一文が清々しいほど情けなく、それゆえに美しい。だめな人間が、だめな自分を、だめなまま書くことが美しいのは、なぜなのだろう？

心中立《しんじゅうだて》

人との約束や義理を守りとおすことを、心中立といった。義理を通す、ものごとの筋を通すということが、いまよりずっと重い意味を持った時代には、心中立という言葉も、生活の中で生きた言葉だっただろう。

そしてもうひとつ、男女が一途な愛を貫くこと、という意味がある。髪を切ったり、相手の名前を腕に入れ墨したり、相手への思いに証《あかし》を立てることを心中立といったそう。そう聞くと、俳優のジョニー・デップがウィノナ・ライダーと婚約し、腕に「winona forever」とタトゥーを入れたという話が思い浮かぶけれど、あれも心中立に入るだろう。

江戸時代の遊郭では、遊女がお客に心中立をする慣行があった。とはいえ、遊女の人気取りのためのテクニックにすぎない軽いケースもままあったが、時には男女ともに抜き差しならない関係に発展して命を落とすことにまでなったという。そこまで行かずとも、遊女が自分の指を切って心中立することもあったそう（ただし、多くの場合はニセモノの指を渡したとか）。

手練《てれん》手管《てくだ》の話としては、入れ墨で名前を入れたと見せかけて、ただ肌の上にニカワを混ぜた墨で書いただけ、といった遊女の駆け引きの技もあったらしい。もし本物の入れ墨をしていても、新しい客ができたときには、古い客の名前は腕にお灸をすえて焼き消した。

いい施主がついて命を火葬にし

という川柳もあったほど。「だれだれ命」と相手の名前を彫った皮膚の上にお灸をすえて焼くから火葬、と。

そんなのんきな話ばかりならいいのに、来世で結ばれることを信じて、客と遊女が情死することが増えて、社会問題にまでなってしまう。やがて心中という言葉が、二人、もしくは複数の人が連れ立って死を選ぶことを意味するようになった。

何にしろ菊の井は大損であらう、彼《か》の子には結構な旦那がついた筈、取にがしては残念であらうと人の愁《うれ》ひを串談《じょうだん》に思ふものもあり、諸説みだれて取止めたる事なけれど、恨は長し人魂《ひとだま》か何かしらず筋を引く光り物のお寺の山といふ小高き処より、折ふし飛べるを見し者ありと伝へぬ。

（樋口一葉「にごりえ」より）

遊女のお力に入れ込んで、身を持ち崩した源七がそれでもお力を忘れられず、むりやりなのか合意の上か、お力と心中してしまう。どちらなのかをはっきり書かずに「筋を引く光り物」が山へ飛んでいった、とだけして締めくくるラストの余韻は、見事の一言に尽きる。

ただ、どれだけ深く愛しあっていようと、添い遂げることを許さないどんな事情があろうと、悲しみ、世をはかなむ思いで胸が張り裂けるつらさだろうと、死を選ぶことだけはやめてほしい。愛するゆえに死んでしまうのは、物語の悲劇だけで十分だ。命あっての物種だから、心中立という言葉にしても、義理や約束を守りとおす、という元の意味に戻ってほしい。

「これでも、ケツに蒙古斑付けてる頃から打ってんだ。膝壊して泣いた先輩、沢山見てきた。」

「だったらアーーーっ…」

「スマイルが呼んでんよ。」

――ピンチの時には、オイラを呼びな。

「アイツはもう、ずっと長いことオレを待ってる………」

――そうすりゃオイラが、やって来るッ…

「ずっと長いこと、オレを信じてる……」


(松本大洋『ピンポン』より)


卓球に懸ける青春マンガからセリフを引いた。膝を壊すかもしれないとわかっていても、むりを押して試合に臨む。その次の決勝で、幼なじみが待っているから、という場面。

友だちとの古い約束が、時に重く心にのしかかってくることがある。もう昔の自分じゃない。現実にぶつかり、限界を思い知らされてくじけることもある。それでも、ずっと背を向けていた友だちとの約束に向き直り、長い長い間待たせた相手の許《もと》へ駆けつける日が来るかもしれない。義理を通す。約束を果たす。そんなことができるときばかりではない。だからこそ、尊いと思う。心中立がもともと意味したのは、相手との見えない信義であり、絆だったのだろう。

魂《たましい》

人間には魂が宿っている、という。心があり、気持ちが動き、魂が宿る。気分、性分、質《たち》、思い、精神……。人間の内面に関する言葉がさまざまあるのはなぜだろう。

古くは魂を「たま」といって、霊や魂と書いた。『古事記』では、死者のことは霊と書き、生者や神さまについては魂と書いて使い分ける。穏やかなときの神さまを和魂《にぎみたま》、荒ぶるときの神さまを荒魂《あらみたま》というように。

魂が宿って、心の働きを司ったり生命を与えたりする、その人という存在の基になるもの。自然の中に存在するさまざまなものが持っている霊的な力のことを、古くは霊《ち》といった。「たましい」の語源はさまざまだけれど、「たま（魂）」＋「ち（霊）」＝「たまち」が転じて「たましい」になったともいわれる。

中位のたましいだから中の鰻重　金原《きんばら》まさ子

真心《まごころ》

ほんらい「真（ま）」とは「完全なもの、純粋なもの、真実なものであることを示す接頭語」（白川静『字訓』より）であり、真心とは純粋な心、真実の心をいう。

『万葉集』などの古い時代の歌には、人間が真心から言葉を発し、心と言葉が等しく結びついていたであろう古代の人の姿が垣間見える。どんなに巧みな修辞を駆使した洗練された歌よりも、真心から歌われた歌を読むとき、深く心をゆさぶられる。

わが背子はいづく行くらむ沖つ藻の名張《なばり》の山を今日か越ゆらむ　當麻真人麻呂《たぎまのまひとまろ》

（夫はいまごろどこを旅しているだろう。遠い名張の山を今日あたり越えているだろうか）

長旅に出た夫の身を案じる妻の歌は、旅の安全を祈って歌われたそう。その歌が真心から出たものだから、歌を詠むことが祈りになる。

また、『万葉集』にかぎらずとも、真心の歌は江戸の世にも見られる。

たのしみはまれに魚烹《に》て児等《こら》皆がうましうましといひて食ふ時　橘曙覧《たちばなあけみ》

（たのしみといったら、久しぶりに魚を煮てやると、こどもたちがみんな「うまい、うまい」と言って食うときだ）

うまいことを言おう、人によく思われよう、といった意図や企みがなく、思い、感じることそのままを書いてなお歌になる、というのはよほどのことだと思う。それが日常の他愛ないできごとであれば、なおのこと。真心をありのまま歌った歌は、人間を根底から肯定する、まぶしい光のよう。

伴侶を得る

人生の伴侶、パートナーというのは、妻にとっての夫、夫にとっての妻、だけとはかぎらない。入籍という意味での結婚を選ばない道もあるし、同性同士の婚姻が法的に自由な国や社会は増えている。

人生をともにし、分かちあう存在が、猫であっても、犬であっても、そのほかどんな生き物でも、あるいは二次元上の存在でも、信仰の対象でも、どのようであったとしても、その人の自由だろう。その人の人生なのだから。一人で生きていくという選択もまた自由であるように。

夫《つま》

夫と書いて「つま」とも読む。昔は、夫婦関係にある男女どちらのことも「つま」といった。「つま」という言葉が端の意味を持つこともあり、片方から見たもう片方はいわば端の位置にある。それを男女の夫婦関係でいうと、男から見た女も「つま」、女から見た男も「つま」。恋人関係でも、相手を「つま」という。

夕立去り琺瑯質の夫のこる　田中亜美

枝を交わす

えだをかわす

朝夕の言《こと》ぐさに、翼《はね》をならべ、枝をかはさむと契らせたまひしに、かなはざりける命のほどぞ、尽きせずうらめしき。

（紫式部『源氏物語　桐壺の巻』より）

（朝夕、口ぐせのように「羽をならべ、枝を交わそう」と永久の愛を約束していたのに、それが叶わなかった亡き人の運命が、尽きることなく恨めしかった）

愛しあう二人の愛情の深さを、枝を交わす、とたとえて言い表す。たとえの由来は、九世紀の唐の時代のこと。詩人白居易《はくきょい》が、玄宗と楊貴妃の恋を長編詩にした「長恨歌《ちょうごんか》」の中に、枝を交わす、の元となる一節が出てくる。

在天願作比翼鳥　　天にあっては、願わくは比翼《ひよく》の鳥となり
在地願爲連理枝　　地にあっては、願わくは連理《れんり》の枝とならん

（白居易「長恨歌」より）

比翼の鳥というのは想像上の鳥で、ひとつの目、一枚の翼しか持たない鳥がつねに一対のつがいで飛ぶ。転じて、仲睦まじいことのたとえとされる。連理の枝のほうは、一本の枝が、他の木

の枝とくっついて、木目が同じになったさま。やはり、仲がいいことをたとえたもの。枝を交わす、というたとえは、この連理の枝から来ている。『源氏物語』の「翼をならべ、枝をかはさむ」も、この「長恨歌」になぞらえたセリフ。

筒井筒　つついづつ

筒状に掘った井戸の外枠のことを筒井筒というけれど、幼なじみのこともいう。どうして井戸が、幼なじみと関係あるのだろう。元を辿ると、平安時代の『伊勢物語』に由来している。

筒井《つつゐ》つの井筒《ゐづつ》にかけしまろがたけ過ぎにけらしな妹《いも》見ざるまに
（筒井戸の井筒と背比べをしていた僕の背丈は、もう井筒を追い越してしまったんだ。君に会わないでいる間に）

くらべこしふりわけ髪《がみ》も肩すぎぬ君ならずして誰《たれ》かあぐべき
（あなたと比べあっていた私の振り分け髪も肩を過ぎたよ。あなたのためじゃなかったら、いったい誰のためにこの髪を結いあげたらいいの？）

（『伊勢物語』二十三段より）

幼なじみだった二人が年頃を迎え、ついに男が女に求婚する。親の勧める相手も断って、思いあっていた者同士が、おたがいの気持ちを確かめあう場面。

この『伊勢物語』は平安時代初めにできたとされるが、当時のプロポーズといえば、歌を送りあうことだった。

井戸のほうの筒井筒は、こどもの背比べにも使われたようで、小さな子の背が伸びるにつれて、やがては井筒の高さを追い越していったのだろう。そんな幼い日を振り返りつつ、二人の心が距離を縮めていくようすが歌に表れている。この歌のやりとりから、筒井筒が（男女の）幼なじみを指すようになったとか。

求婚の広告　　山之口貘

一日もはやく私は結婚したいのです
結婚さへすれば
私は人一倍生きてゐたくなるでせう
かやうに私は面白い男であると私もおもふのです
面白い男と面白く暮したくなつて
私ををつとにしたくなつて
せんちめんたるになつてゐる女はそこらにゐませんか

さつさと来て呉れませんか女よ
見えもしない風を見てゐるかのやうに
どの女があなたであるかは知らないが
あなたを
私は待ち佗びてゐるのです

心底望むあまり、まだ相手と出会ってもいないうちから求婚の詩を捧げてしまったほど結婚願望の強い詩人が、二十世紀にいた。とくに印象的なのは「結婚さへすれば／私は人一倍生きてゐたくなるでせう」というところ。人一倍幸せになるではなく「生きてゐたくなる」というのが、際立って独特だ。

いまは若者の結婚離れが進んでいるらしい。ちゃんと働いても、結婚生活を営めるだけの収入を得られない仕組みの下では、無理もない。だから、賃上げは大事。みんなの財布にお金が行き渡ったら、きっと世の中は息を吹き返す。そうすれば貘さんにも負けないぐらい、若者が欲しいものを求めるいろんな「広告」がどんどん出てくるにちがいない。

月下氷人《げっかひょうじん》

男女の縁を取りもつ仲人のことを、月下氷人と美称で呼んだ。この呼び名は、中国の故事に由来する言葉を二つ合わせたもの。

月下というのは、月下老人という縁結びの神さまのこと。唐の国の韋固《いこ》という若者が旅をしていて、ある月夜の晩に老人と出会う。韋固が老人のかたわらにある袋の中身を訊ねると、将来結婚する相手同士を結ぶ赤い縄が入っている、と老人は言って、韋固の将来の妻を予言した、という話。

そして氷人というのは、晋の国の令狐策《れいこさく》という男が見た夢のできごと。ある夜、自分が氷の上に立っていて、足元の氷の下にいる相手と話をするふしぎな夢を見た。なんだったのかと、占い師の索紞《さくたん》に聞いたところ「氷が溶けることは縁談の成立を意味する。あなたは氷の上から氷の下に話しかけたのだから、縁談の仲立ちをするだろう」と説かれた。そして占いのとおりに仲人をすることになったそう。

月下老人も、氷人も、結婚の仲立ちに関係する故事で、二つを合わせた呼び名は、仲人の美称としてこれ以上ないくらい。

新枕

にいまくら

恋人同士や夫婦が初めて一緒に寝ることを、新枕を交わす、などという。また初枕《ういまくら》とも。

ちなみに昔は、柿《かき》の木問答《きもんどう》という、初夜のきっかけとなる会話の段取りがあった。「柿の木をもいでもいいか？」「いいよ」というやりとりで、柿の実をもぐ、というのは暗にセックスのこと。

「ほいでのう　すずちゃん　むこうの家で結婚式を挙げるじゃろう」
「うん」
「その晩に婿さんが「傘を一本持て来たか」言うてじゃ
ほしたら「はい　新《にい》なのを一本持て来ました」言うんで
ほいでむこうが「さしてもええかいの」言うたら
「どうぞ」言う　ええか？」
「…………なんで？」
「なんでもじゃ」

（こうの史代『この世界の片隅に』より）

戦時中の呉や広島での人々の生活を描いたマンガで、嫁ぎに行く主人公が、直前にこんなことを言い含められる。柿ではなく、傘だけれど、同じ意味。

あれこれ説明するわけではないのだけれど、奥手の主人公もなんとなくピンときたようす。言うことは決まっていても、新枕を交わそうというその場になれば、すんなりとは口から出てこないかもしれない。それでもたどたどしくにせよ、棒読みのように問い、答えれば、それがおたがいの距離を縮めてくれる。

言葉にはそんなふうに、人の心や所作を、次へと促すような流れを生む働きがある。ぎこちなく不慣れな関係のはじまりにこそ、芝居じみているにせよ、そんなやりとりが役立ったにちがいない。

手鍋を提げる

てなべをさげる

好きな相手と一緒になれるなら、どんな貧しさも苦労もいとわない、という意味。手鍋を提げるとは自炊のこと。自炊するぐらいのことで貧乏を覚悟するだなんて、どこのセレブだ？　と思うけれど、食事の支度は奉公人がしたような、江戸時代の武家の暮らしなどがこの言葉の時代背景にあるよう。

竹の柱に茅の屋根　手鍋提げても　わしゃいとやせぬ
信州信濃の新そばよりも　あたしゃあなたのそばがよい

これは都々逸《どどいつ》だけれど出典はわからない。映画『男はつらいよ』で、フーテンの寅さんこと主人公の車寅次郎《くるまとらじろう》が述べる口上に出てくるので聞き覚えがあるかもしれない。「竹の柱に茅の屋根」とは、家の柱が木ではなく竹でできていて、屋根も瓦ではなく茅葺きで、と貧しい暮らしを表す。

なんにもなかつた畳のうへに
いろんな物があらはれた
(中略)
をつとになつた僕があらはれた
女房になつた女があらはれた
桐の箪笥があらはれた
薬罐と
火鉢と
鏡台があらはれた
お鍋や
食器が
あらはれた

（山之口貘「畳」より）

これもさきほどの貘さんの詩だけれど、ぶじに結婚することができた山之口さんの家には、いろんな物が新婚生活とともにやってきたようだ。親友の詩人、金子光晴らの尽力によるところも大きかったらしい。

「お鍋や／食器が／あらはれた」という最後のフレーズが、とてもいい。目を丸くして驚いている貘さんの姿がありありと見えてくるようだ。父親が校長先生だったという奥さんは、手鍋を提げるどころじゃなくて、もっとびっくりしただろうけれど、おかげでこんなに素晴らしい詩や、二人の間に愛らしい娘さんまで生まれた。

そんな質素な暮らしのことを、小体《こてい》という。

山の神 やまのかみ

女性の配偶者には、いろいろな呼び名がある。山の神というのもそのひとつ。口やかましくて恐い妻というニュアンスで、男同士でこそこそと呼ぶが、まちがっても本人に言うものじゃない。それにしても、古くから山岳信仰が脈々と続いてきたあの山の神さまのことかと思うと、なんてすごい呼び名だろうと畏怖すら感じる。尻に敷かれる、という言い方があるけれど、相手が山の神ならけっして逆らえない。

貧しいときから苦労をともに分かちあってきた相手のことを敬い、大事にする気持ちから、糟《そう》糠《こう》の妻と呼ぶこともある。糟糠というのは、米ぬかや米かすのことで、粗末なものしか食べられない、という貧乏暮らしを表す言葉。

呼び名の由来は、中国の故事から。王の姉が夫に先立たれたので、王は新しい夫を臣下から選ぼうとする。白羽の矢が立ったのは、人格も外見も評価の高い宋弘《そうこう》という有能な役人だった。王が姉との結婚をほのめかしたところ、すでに結婚していた宋弘は「糟糠の妻は堂より下さず」といって、王の誘いには応じなかった。苦労をともにした妻を、自分が出世したからといって追い出してはならない、ということわざ。

暗い場所で
うちの奥さんと、
久しぶりに遅くまで呑んだ。
奥さんという、言い方はちがうでしよ。
(少しもちがわない。)
青黑くて、すごい顔色になつている。

(甘楽《つづら》順治「終電車」より)

山の神と呼んだり、糟糠の妻といったり、奥さん、かみさん、女房、嫁、家内、細君《さいくん》など妻の呼び名はさまざま。どれが正式ということもないだろうけれど、うっかり呼んだところ「奥さんという、言い方はちがうでしよ。」とズバッと斬り込まれたら、なにかまちがっていたのではないかとドキッとする。それでもこの詩の中では、言われたほうだって「(少しもちがわない。)」とやり返すから、夫婦揃ってすごい肚《はら》の据わり方をしているな、と思ってしまう。

ちなみに奥さんというのは、家の奥にいる方、奥方という武家の妻に対する敬称からはじまって、もともとは相手の妻への呼び名だったとか。

宿六 やどろく

女から男の配偶者への呼び名も、またさまざま。亭主、主人、旦那、旦《だん》つく……。でも自分のパートナーのことを、嫁と呼ぶ男はいるけれど、婿という呼び方をする女を見たことがない。嫁はあり、婿はなし、というのも変な気がする。

いまはあまり言わないけれど、江戸のころは、夫を宿六と呼ぶことがあった。宿のろくでなし、略して宿六。けっこう落とした言い方のわりに、「うちの宿六が」などと親愛の気持ちで言ったりもしたそう。

ケ　け

晴れやかな人生の門出の日や、正月に節分、五節句、祭りなど一年の祭礼行事がある日などを、ハレの日という。では、それ以外のふつうの日はというと、ケ（褻《け》）という。

日と書いて「け」と読み、日々という意味を表すけれど、ケは日々の暮らしそのもので、ケも日《け》も同じ根を持つ言葉だろう。来る・経るという「来経《きへ》」という語がちぢまって「け」という音になったとも。

わたしはいつもふしぎに思っていた。創《つく》り人《びと》たちはどうして家事や料理を物語から締め出すのだろうと。偉大な戦いは、そのためにこそ戦われるのではないのか――一日の終わりに、安らぎに満ちた家の中で家族が一緒に食事をするためにこそ。（中略）英雄たちが山から帰還したとき、彼らを迎えて催された宴《うたげ》のご馳走《ちそう》は何だったのか、女たちはどうやってその材料を調達したのか、わたしは知りたい。

（ル＝グウィン『ヴォイス　西のはての年代記Ⅱ』より／谷垣暁美訳）

小説の中で主人公の少女は、英雄をたたえる壮大な叙事詩への不満をこんなふうにつぶやいている。たしかにこの物語では、客人にふるまう料理も、それを作る者の矜持《きょうじ》も描かれている。ケの暮らしの厚みが、人間の生きる土台を固めて支えているとわかる。

たとえば、正月にはおせちをいただく慣習があるけれど、お重に詰めて作り置きした料理を食べるあいだは、家族のだれも台所に立たなくて済む。数日間は、料理という仕事に休みが訪れる。そこには仕事の手を止めて忌み慎み、正月の神さまを迎えるという、ハレの日＝忌み日という側面もあるが、年の初めぐらい炊事を休みに、という意味合いもある。
炊事を担うのは妻と決まっているわけでもない。地方によっては、年男《としおとこ》といって、正月の雑事を男が仕切るならわしもあったよう。

〝ボーイ、よく聞け。お前が大人になったらサンタさんはもう
プレゼントをやれねえ。
真っ当に金を稼げ、家族ができたらきちんと養え、
それがクールでファンキーってことだ〟

朝俺が起きると、
シスターが横で寝ていた
おれはごそごそと
黴の生えかけたスーツをさがして
埃をはらって、ネクタイをしめる

俺はすでに一人前の男だから
このシスターを養わなきゃならない
そしてなにより
ＪＢのようにファンキーな男になるためにだ

（構造「james brown's Funky Christmas」より）

炊事や洗濯、そうじなどの家事がケの暮らしに欠かせないように、家族のために外へ働きに出ることもやはりケの暮らしにちがいない。地味で地道だからこそ、日常の中に愛がしっかと根を張っている。

割れ鍋に綴じ蓋《われなべにとじぶた》

割れて壊れた鍋と、破れたところを直した蓋《ふた》。合わせてみたら、ぴったりだった。というように、おたがいの欠点を補いあって一緒にうまくやっていけることを、割れ鍋に綴じ蓋という。どんな人にも相性のいい相手がきっといる、似たもの同士はうまくいく、といった意味。
でも、それではいやだ、という詩人もいる。

おとことおんなが
われなべにとじぶたしきにむすばれて
つぎのひからはやぬかみそくさく
なっていくのはいやなのです
（中略）
たましいのせかいでは
わたくしもあなたもえいえんのわらべで
そうしたおままごともゆるされてあるでしょう
しめったふとんのにおいのする
まぶたのようにおもたくひさしのたれさがる
ひとつやねのしたにすめないからといって
なにをかなしむひつようがありましょう

（新川和江「ふゆのさくら」より）

この詩には「あなたがうたのひとふしであるなら／わたくしはそのついくでありたい」という、美しくも切なる願いの一節がある。自分の選びとる道が、他の人とちがうことはある。それが生き方ゆえなのか、なにか事情や理由あってのことなのか、さまざまだろう。やせがまんのようにも映る詩だけれど、そんなことはかまわない。この詩の言葉が照らすのは、一人の道を行くと決めた心の放つ光だ。

同性婚《どうせいこん》

ボーイズラブの略で、ＢＬという創作のジャンルがある。男性同士の同性愛を描いたもので、マンガや小説のみならずＢＬ短歌と称する短歌もあるほどカジュアルに描かれ、書かれ、読まれている。

火のそばで抱き合う何も着ていないバットマンとジョーカーのように
飯田有子《ありこ》

ＢＬを歌うことは、心の自由を問うことだ、既成の価値観を何も着る必要はないと。そして言うまでもないことだけれど、ＢＬを楽しむこととはまたべつの話として、一人の人間が同性を愛そうと、異性を愛そうと、他人がとやかく言う筋合いはない。それは、本人同士の自由だろう。

めぐりあひてみしやそれともわかぬまに雲がくれにし夜半《よは》の月かげ
紫式部

（せっかく久しぶりに会えたのに、すぐに帰ってしまうだなんて、雲に隠れた夜更けの月のようにつれない人よ）

『新古今集』に（百人一首にも）入っている紫式部の歌で、恋人とのわずかな邂逅《かいこう》を惜しんでいるのかと思ったら、ちがった。添えられた詞書《ことばがき》の一文を読むと、女友達が数年ぶりに遊びに来てくれたと喜んだのもつかのま、あわただしく去ってしまった、という嘆きの歌だとわかる。

紫式部と女友達が恋仲だったと言いたいわけではなく、ただ、詩歌を読んだとき、同性を愛おしく思う詩と、異性を愛おしく思う詩の見分けなんてつかない。相手に対する愛情に、性差は関係ないのだから。同性との関係を示唆する言葉が出てきて、初めてそうと気がつくくらいだ。

同性婚が国際的に法制化される流れにあるのも、個人の自由を重んじる近代社会としてごく当然なことに思える。

こうあるべきと型を決めて、その型に他人の心までをはめ込もうとするのは、マウンティングにすぎない。パワハラと同じこと。部下には部下の考えがあるし、他人には他人の恋愛観がある。自分と他人のちがいをおたがい尊重しあうのが、生きやすい世の中だと思うんだけどな。

三行半《みくだりはん》

しないに越したことはないけれど、うまくいかなくなったときほど、ちゃんとした決まりがあるほうが、あまり揉めなくて済む。

江戸時代はどうだったのだろう？　と歴史を振り返ると、夫婦が離縁するときには、夫が妻に三行半と呼ばれる離縁状を渡すものだった。

離縁する旨と、妻の再婚を認める旨の二つの内容を、三行半ほどの文章にしたためたことから三行半といったとか。字を書けない人は、三本線と半分の長さの線を書けば離縁状として見なされたから、という説も。

妻の側では、夫に返り一札《いっさつ》という受領書を渡した。夫のほうでも、ちゃんと離縁した証の書状がないと、重婚したといって罰されることがあった。

夫が未練がましくてどうしても離縁しない場合には、妻のほうには、縁切り寺に駆け込む！という奥の手があった。お寺が間に入って話し合っても決着がつかないときは、寺に入って足かけ三年（実質二年間）経てば、離縁が成立した。

ずいぶんと夫に有利な決まりごとだけれど、社会的にも、家庭内でも、女性の立場が守られるには、戦後に憲法（第24条など）ができるまで待たなければならなかった。いまも、もし気がゆるんで手放したら、あっという間に昔に引き戻されてしまうかもしれない。くわばらくわばら。

私が貴方に惚れたのは
丁度　十九の春でした
いま更　離縁というならば
元の十九にしておくれ

（沖縄民謡、本竹祐助作詞「十九の春」より）

連れ添う《つれそう》

夫婦になること、パートナー同士が一緒に暮らすことを、連れ添うという。人生の時間をともにする、というと途方もないことのように思える。気がつけば、また一年経っていた、というふうに折々の季節を過ごすうちにしぜんと積み重なり、続いていく間柄とはどんなものだろう。

五十年つれそふといふことは、なみたいていとはおもはれない。

この一対をみるたびに僕がおもひだすのは
馬来《マレー》の旅で
雨霧にうすれる梢で、身をよせあひ
なきかはしてゐた二匹の老猿のことだ。

愛情とは、からだとからだをよせて
さむさをあたためあふことなのだ。

それ以上のなにごとでなくても、

それだけでも充分すぎるではないか。

（金子光晴「一対」より）

連れ添う関係を大事にするにはどうしたら？　とそんな問いが心によぎるたび、この詩を思い出す。あたためあえれば、それだけでも充分すぎる。そう言われると、そうかと思って安心する。ただし金子光晴という詩人は、けっして安穏とした暮らしばかり送ってきた人物ではない。むしろ正反対だと思う。海千山千の、人生の猛者が、こんなにやさしい言葉を言うなんて、と驚かされてしまう。

だからこそ、この言葉を信じたくなる。何もむずかしく考えなくていいのだと。真実は虚飾の上にはないのだと。人と人が持ち寄れるものはわずかだが、わずかで十分に意味があるんだと。よりそい、あたためあえればいいんだと、くりかえし思い浮かべては、詩の言葉に耳を傾ける。

添い遂げる

そいとげる

短くても激しい恋が、その人の一生を変え、ずっと心に残りつづけることがあるように、なにがあったとも、なかったとも言えない淡々とした日々にせよ、長い歳月をともに夫婦で過ごして、結果、添い遂げることがある。

こうあるべきだ、という正しさの言葉としてではなく、そうもあったか、というように過ぎ越してきた二人の日々を言い表す言葉として、ゆるぎないものを感じる。若い人が長い道のりの先を見るように用いるより、すでに長く歩んできた人が来し方を振り返って使うのがふさわしい言葉に思える。

冬至　　長嶋南子

布団から顔を出して寝ているのは
おばあさんとおばあさん猫です
おばあさんはきのうまでおかあさんと呼ばれ
もっと前には娘さんともおねえさんとも呼ばれ
もっともっと前にはミナコちゃんと呼ばれ
あさってごろにはホトケさんと呼ばれるのでしょう
いまでは生まれた時からずっとおばあさんで
猫と暮らしていたような気がします
おばあさんはいつも猫に話しかけています
猫だって話しかければちゃんと返事をするのですよ

おばあさんの隣にはきのうまで
夫と呼ばれる人が寝ていました
夫はおとうさんともアンタとも呼ばれ
いまでは「あのひと」といわれて
押し入れのなかに骨をたたんで眠っています

猫はおばあさんの右腕を枕に
ゴロゴロのどをならしながら
おばあさんの顔をなめまわしています
すっかり年をとって猫はシソーノーローになって
くさい息を吐きかけます
むかしはにゃん子と呼ばれ
あさってごろには化け猫になって
おばあさんの布団に入ってくるのでしょうか

いまにも降りそうな夕方
女手ひとつでは薪割りも大変でしょう

と遠くからよそのおじいさんが通ってきました
あまり遠いのでおじいさんは家に帰れなくなりました
二人で寝れば暖かくなるからといって
布団に入ってきました
おばあさんは猫になって
よそのおじいさんの右腕を枕に寝ています
隣に寝ているおじいさんを
なんと呼べばいいのかもじもじしています

目覚めると
隣にいるのはいつものおばあさん猫でした
くさい息を吐きかけながら
おばあさんの右腕を枕に寝入っているのです

雪が降ってきました

人間の寿命はひとりひとりちがうから、添い遂げるというのは、きれいごとではないだろう。

どちらかがより長生きをすることになる。その先行きが、こんなふうに寂しさも悲しさも飲み込んで、詩に書かれると、ただ黙って読んでいたい。

あたたかいものが注ぎこまれてくる。大きな器となって、詩が広がっている。その詩の中へ、こちらも猫になって身を丸めて、包み込まれる。

人生の根っこに

人生について知るべきことは、すべてフョードル・ドストエフスキーの『カラマーゾフの兄弟』の中にある、と彼はいうのだった。そしてこうつけ加えた、「だけどもう、それだけじゃ足りないんだ」

（カート・ヴォネガット・ジュニア『スローターハウス5』より／伊藤典夫訳）

ヴォネガットが言うような「人生について知るべきこと」が何なのか、はっきりと言明できるほど、ぼく自身それほど長く生きてはいない。まだ生きる道の半ばをうろうろしている。

ひょっとすると、人生において大事なことは星の数ほどある、という言い方もできるかもしれない。つまり、いまもこれからもずっとわからない、という意味で。その場になって、甘みも苦みもかみしめて、それでやっと理解するのが人生だという気はする。
ただ、何が大事かを数えあげられなくても「もう、それだけじゃ足りないんだ！」と言いたくなる気持ちなら、いやというほどわかる。

いのちき

生計や生活という意味の、大分の方言。生き長らえるという意味を表す古語「命生《いのちい》く」が語源ではないか、という説もあるとか。

この町の貧しき大人たちは、次の如き挨拶を日常に交し合ったものである。
——いのちき　できよるかあんたなあ
——いのちきさえ　できよら　いいわあんた
〈いのちきをする〉とは、かつがつに生活をしているといった意味の、多分この地方に特有のいいかたで、貧しくともまっとうに生きる者たちの、最もつきつめた形での挨拶語であったといえようか。

（松下竜一『いのちき　してます』より）

庶民の暮らしは楽じゃない。楽じゃないのに、税金は上がり、食品は小さくなり、賃金は叩かれ、生活を支えるはずの政策は乏しい世の中で、いのちきという言葉の切実さや、大事さ、まばゆさが際立ってくる。

泥のごとできそこないし豆腐投げ怒れる夜のまだ明けざらん　　松下竜一

ぬちぐすい

心のこもったおいしいごはんや、母の愛情、人のやさしさなどのことを、沖縄の方言で、ぬちぐすいという。「ぬち」は「命」、「ぐすい」は「薬」。人のあたたかさにふれることが、なによりの薬になる。そんな意味が込められた言葉。

人にやさしくされた時　自分の小ささを知りました
あなた疑う心恥じて　信じましょう心から

（上江洌清作《うえずきよさく》作詞「あなたに」より）

沖縄出身のロックバンドＭＯＮＧＯＬ《モンゴル》８００の歌は、沖縄の知恵に満ちている。ぬちぐすいをもらう感覚って、心が癒されるようだ、と言い表されたりする。心の癒しのことなんだ、と。たしかにそうだ。あったかいごはんも、うまい酒も、寿命が延びた心地になれる。だれかのやさしさにふれたとき、泣きそうなほど心が温まる。

良薬口に苦しというけれど、自分が恥ずかしくなるほどのやさしさなら、よく効くぬちぐすいにちがいない。

幸う《さきわう》

幸せなことを「さき」といった。その「さき」が動詞になった形の「さきわう（さきはふ）」には、豊かに栄えるという意味がある。咲く、栄える、盛りなどは、もともと「さき」と同じ根を持つ言葉だとか。

「カムパネルラ、また僕たち二人きりになったねえ、どこまでもどこまでも一緒に行こう。僕はもうあのさそりのようにほんとうにみんなの幸《さいわい》のためならば僕のからだなんか百ぺん灼《や》いてもかまわない。」

「うん。僕だってそうだ。」カムパネルラの眼にはきれいな涙《なみだ》がうかんでいました。

「けれどもほんとうのさいわいは一体何だろう。」ジョバンニが云いました。

（宮沢賢治『銀河鉄道の夜』より）

少年が二人で鉄道に乗り、銀河をめぐる幻想の物語は、この「ほんとうのさいわい」を訪ねていく旅路だった。読んだ者の心に残るのは、何が「ほんとうのさいわい」なのか、という問いそのもののような気がしてならない。幸せとは何か、という問いの答えは、物語の中で暗示されているると解釈できないこともないだろうが、それ以上に心に迫るのは、ジョバンニとカムパネルラの幸せ探しの姿ではないだろうか。

そうやって問いつづける登場人物のセリフには、作者である宮沢賢治自身の肉声が宿る。永遠に正解のない問いを抱えた『銀河鉄道の夜』の魅力もまた、永遠に色褪せないに違いない。

戦後《せんご》

戦火をくぐり抜けてきた人々にとって、戦後、つまり平和はどれほど尊いものだろう？　戦後生まれのぼくは、当時のことを本や話でしか知らない。どれだけかんたんによその国と仲たがいして、どれほどあっという間に戦争になだれ込むものかを、この身で思い知ったわけじゃない。

同い年のあなたには
健康で長生きしてもらいたい
還暦や古希で満足せずに
喜寿
米寿

白寿
そこまで行けばもう
生誕百年だ
あとは粘りに粘って
長寿世界一
ギネスブックに載ってもらいたい
そしてそのまま
載り続けてほしいのだ

〈戦後〉という名の
同い年の
あなただけは

（佐藤正子「同い年――二〇〇五年」より）

国民が主人で、政治家は従者にすぎない。国家権力というのはもっとも強大だからこそ、憲法という約束事にきちんと従う決まりがある。つまり憲法は、権力の暴走を止めるブレーキの役目を担っている。

それを立憲主義というのだけれど、もし「憲法は国家権力を縛るものという考え方は古い」などと政治家が言い出したら……どうだろう？　「ブレーキは車を止めるものという考え方は古い」なんて言う人がいたら、車のキーをけっして渡してはいけない。

戦争は、やったらおしまい、しないが勝ち。

恥《はじ》

失敗して面目をつぶしたり、世間体がわるかったり、常識はずれなことを言ったりやったり……。とかく恥というのは、日々つきまとうもの。孟子《もうし》がいうには、

人不可以無恥　　人は以《もっ》て恥ずること無かる可《べ》からず
無恥之恥　　恥ずること無きを之れ恥ずれば
無恥矣　　恥無し

（孟子『孟子　尽心章句上』より）

（人が恥を感じないなんてありえない。恥を感じないほうが恥ずかしい。そう思えば、恥ずかしくない）


とのこと。「恥を知れ」というときの「恥」は、まさに孟子の言葉どおり、恥を知る心をいう。

羞恥心《しゅうちしん》とも。

また、含羞《がんしゅう》を「はじらい」と読むことがあるけれど、中原中也の詩の一節が思い浮かんでくる。

わが心　なにゆゑに　なにゆゑにかくは羞《は》ぢらふ……

（中原中也「含羞《はぢらひ》」より）

なぜなのかはわからない。止めようも抑えようもなく、心はただただ恥じらうことをやめない。詩というものが心に棲みつくような人間は、程度の差こそあれ、含羞から逃れられないかもしれない。口にしては悔やみ、行動を起こしてはいたたまれなくなり、過去を思い出しては身悶えする。それは詩人にかぎらないだろう。人不可以無恥。

そして人間としてもっとも恥ずべきことを書いた詩がある。

夕日が消えたたそがれのなかで
おれたちは風や帆前船や
雪のふらない南洋のはなしした
そしたらみんなが走ってきて
綿あめのように集まって
飛行機みたいにみんな叫んだ
くさい　くさい　朝鮮　くさい

おれすぐリイ君から離れて
口ぱくぱくさせて叫ぶふりした
くさい　くさい　朝鮮　くさい

（岩田宏「住所とギョウザ」より）

自分の過去の過ちを、岩田宏は赤裸々に書きつける。「おれはリイ君が好きだった」のに、リイ君を裏切ってしまった。差別の言葉を投げつけるみんなに迎合して、自分の心も裏切った。どんなに年月が経っても、いくら経験を重ねて大人になっても、幼い日の愚かさを悔いるだけの理知を身につけても、もう遅い。

グサグサと突き刺さる詩の言葉は、読んでいるこちらの胸にも刺さってくる。あのときぼくは、弱い者イジメをした。口ぱくぱくさせて叫ぶふりしただけじゃない。はっきりと悪口を口にした。その後ろ暗さと恥ずかしさが、この詩を読むと脳裏によみがえる。

今それを思いだすたびに
おれは一皿五十円の
よなかのギョウザ屋に駈けこんで
なるたけいっぱいニンニク詰めてもらって

たべちまうんだ
二皿でも三皿でも
二皿でも三皿でも！

（同）

どんなにギョウザを食べても、どんなにニンニクの臭いを漂わせても、心の中で叫びつづける後悔の狂おしい感情を消し去ることなどできはしない。そんなことは百も承知で、だからこそたべちまうんだ、二皿でも三皿でも！

いまも街頭に出て、あるいはインターネットでヘイトスピーチをする人がいる。憎しみで胸を満たさないと、自分を保っていられないのかもしれない。でも、憎悪の言葉を並べたてたら、自分の心もぶじでは済まない。差別というのは実体がないから、憎しみをぶつけても空虚で、心は晴れない。どんどん毒がたまって、憎しみ中毒になってしまう。

わるいことは言わない。何かで自分を満たすなら、憎しみなんかよりギョウザがいい。おいしいし、おなかがいっぱいになって、ぐっすり眠れる。そしていまより少しだけ、自分のことをきらいじゃなくなれる。

あはれ

『万葉集』の時代には、「あはれ」というのは、強く感動したことを示す言葉だったそう。「ああ」のようなとっさの声でもなく、古語の「あな」のような感情の高まりを表す言葉ともまた違い、喜びや讃嘆、あるいはかなしみの感情を伴って使われる。

江戸時代の国学者、本居宣長は『源氏物語』に「もののあはれ」という死生観、美的感覚の極みを見るけれど、では「もののあはれ」とは何かを説明しようとしたとき、しみじみとした情趣、情感、この世は無情だとする哀愁……などと現代の言葉に置き換えても、説明できた気がしない。それはもともと「あはれ」が、言葉になる前の感情の大きな振幅を表すものだからかもしれない。

「あはれ」というと、この人の歌の響きにこそ深く「あはれ」がしみついているように感じる。

平安時代中期の歌。

ことことはにあはれあはれはつくすとも心にかなふものか命は　和泉式部

（永遠に愛してる、いとおしい、といくら言葉を尽くしても、そんな心の言うことを聞いてくれるものだろうか、命って）

この歌には詞書《ことばがき》（歌の前置きのこと）が付されていて「男のもとより『たまさかにもあはれと言ふになむ、命はかけたる』といひたるに」とある。「男から『ごく稀にでも、あなたが愛してると言ってくれるおかげで、ぼくの命は長らえているようなものだ』と言われたのだけれど」というほどの意味で、つまり男の口説き文句をメモ書きしている。そんな恋の熱に浮かされた相手の言葉に対し、右の歌を返している。

命ばかりは明日をも知れない。そんな死生観が、和泉式部の心に深く根ざしていることが、この歌にはっきり表れているよう。恋する相手を、死に奪われる運命の下に、和泉式部は生きた。この歌一首に、どれほどの鮮烈な命が歌い込まれていることだろう。

祈り いのり

神聖な忌むべき言葉で神に申し願うことを、祈りという。「忌む」とは、禁忌にさわらないように慎んで畏《おそ》れること。「い」は斎《いみ》、忌《いみ》の「い」に通じる。「のり」は「法《のり》」、「告《の》る」と同じ根を持つ言葉。

人は時に、祈らないではいられない。人の力ではどうにもならないことは、最後には祈るほかない。人事を尽くして天命を待つ、の心境もそれに近いかもしれない。できることはやった。あとは時の運。だから、どうか、と。

折り重なって眠ってるのかと思ったら祈っているのみんながみんな　飯田有子

意外な光景の前に立ちどまって、歌にしている。信仰を持つ者と持たない者が、歌の中で同居している。驚きも、違和感も、祈りの静けさに溶け込ませるように歌を仕上げている。共感へ傾くことを慎重に避け、祈りへと気安く近づくこともせず、なおも相手のふるまいを肯定的に写しとっている。祈りとはなんなのか、それを自らへの問いとして確かに受けとる手つきで。

ありがとう

日本語の中で、もっとも美しいと思う言葉を問われたら、この言葉を挙げたい。「ありがとう」と感謝の意を伝えることは、人の助けを借りなければ生きていけない人間という生き物が歩むべき道を照らしてくれると思うから。

遠い峯は風のやうにゆらいでゐる
ふもとの果樹園は真白に開花してゐた
冬のままの山肌は
朝毎に絹を広げたやうに美しい
私の瞳の中を音をたてて水が流れる
ありがたうございますと
私は見えないものに向つて拝みたい

（佐川ちか「山脈」より）

自然の懐に抱かれるというのは、やさしさに包まれることとは違うのだろう。大いなるものを感じ、おのずから「ありがとうございます」と拝みたくなる。そのような心持ちになって初めて、山肌や、水の流れ、鳥の声、花や木陰や草たちが、ありありと感じられる。

草の縁《くさのゆかり》

あるものに愛情や愛着を感じると、それとつながりのあるいろんなものにまで、いいな、素敵だな、と思う気持ちがおおらかに広がっていくことを、草の縁という。転じて、何らかの縁でつながるものをいうこともある。

紫のひともとゆゑに武蔵野の草はみながらあはれとぞ見る

詠み人知らず

（一本の紫草を愛おしく感じるおかげで、武蔵野の草はすべて愛おしく感じられる）

『古今和歌集』のこの歌がもとになって、草の縁という言葉が生まれたそう。

たとえば、ある作家の小説を好きになったとき、その作家が影響を受けたというべつの小説や、舞台となった街まで気になって、本を読み漁ったり、実際に舞台の街を訪れてみたりすることは、ごくしぜんなファン心理な気がする。

と考えると草の縁というのは、好きな気持ちがさらに好きを広げていく、人間の明るい面に光を当てた素敵な言葉じゃないだろうか。

垂乳根の母《たらちねのはは》

垂乳根の母が釣りたる青蚊帳をすがしといねつたるみたれども　長塚節《たかし》

（久しぶりに帰省すると、母が新しい蚊帳を吊ってくれた。少したるんでいたけれど、おかげで気持ちよく眠りにつくことができた）

「たらちねの」は、母や親に懸かる枕詞。甘い乳を垂らして子を大事に育てた、という意味ともいうが、説はさまざま。枕詞が転じて「たらちね」の語自体が、母や親を指すようにもなった。

たわむれに
両手でそっと抱いた母の
細さに泣きたくて
三歩
あゆめ　ず

たわむれの
ふりをしていた私だけれど
私をかくす腕が欲しかったのだ

（因子《よるこ》「カヴァー」より）

身からふりしぼり、赤子を育む母という存在が、子にとってどれほど大きいか。成長した娘が母の身を抱いたとき、その細さに泣きたくなる。母とはどのような存在だろうか。老いた母が吊ってくれる青蚊帳がうれしいのは、母が昔と変わらないからではない。老いていくさなかにも、そこに母がいることを感じて、確かにいてくれることがうれしいのではないか。私をかくす腕が欲しくて、たわむれのふりをして両手でそっと母を抱く行為というのは、なんだろう？　すっぽりと包まれるように抱かれて安心していた日は過ぎていく。そのことを確かめたかったのかもしれない。

望むと望まないとにかかわらず、ふと体が動いてしまうことがある。母を抱きしめてみれば、自分のほうが大きいとわかる。なのにわざわざそうするのは、成長した自分を抱いて包んでかくしてくれる母の腕はもうないのだ、と確かめる意味のほかにない。

たわむれは不思議だ。知りたくもないことに気づかせてくれる。そのようにして、端境《はざかい》にある自分を知るきっかけをつかむのも、思春期の心の揺れ動きならではに思える。

別れ《わかれ》

花発多風雨　ハナニアラシノタトヘモアルゾ
人生足別離　「サヨナラ」ダケガ人生ダ

（于武陵《うぶりょう》「勧酒《かんしゅ》」井伏鱒二訳より）

美しく咲いた花を嵐が吹き散らしていくように、人生というのは喜びもつかのま、別ればかりが訪れるものだ。と、そんな感慨を詠んだ漢詩。井伏鱒二が見事に訳し、あたかも新たな詩がひとつ生まれたかのよう。

別れというのは、時に訪れる。心の準備もままならないうちに。人生で大切な、かけがえのないものを、人は失うときには失う。なんて残酷なんだ、と思わずにいられない。誰かに、何かに鬱憤をぶちまけたくなるけれど、死という別れに際しては、何をどうぶちまけようが、故人は帰ってこない。

美しいもの　　井川博年

——辻征夫追悼

東京の向島のきみの部屋には古びた壁に
ヘタな字で書かれた詩が貼ってあった

たとえば薔薇　若い死刑囚など
美しいものばかりをぼくは
愛するのです　とあなたは言った

に始まる短詩「美しいもの」
これが初めて自覚して書いたというきみの詩で
きみの家に泊まると
きみは米軍放出品のベッドの上から
ぼくは畳の上に着の身着のままで下から
この詩を見ていたものだった
窓の外は暗くぼくらの未来もまた暗かった

だが壁の詩だけはあの時光り輝いていた。

それから四十年――
美しいものばかりを書き続けたきみは
寒い冬の夜に死に（葬式の日は晴だった）
船橋の火葬場からの帰り道
送迎バスの窓から見ると
畑を隔てた丘のふもとに
カモメのような白い鳥が（海からは遠いのに）
群れているのが見えた
その中の一羽が合図をしたかのように
車をめがけて近づいてきて
ぼくの見ている窓すれすれに
羽を大きくふって別れていった
あれはきみの美しいもの
あれがきみの別れだった。

とてつもなく悲しいときに、言葉にすがりたい気持ちになる。この詩は、読者がどんな心境で読もうとも、泣き暮れる日も悲しみに打ちひしがれる日も、びくともしないで立ち現れてくれる。心をもぎとられる痛みに、どうしたら耐えることができるのか。時が過ぎるのを待つしかない。痛みのさなかにあるときに、せめてすがる詩があることが、何かの救いになるわけではないかもしれない。それでもある一人の人間が、友人の死に際して、その友人の魂の姿を見つめ抜くこの詩は、悲しみのまっただなかにあってさえ読む意味がある。

永遠と一日

「明日の時の長さは？」
「永遠と一日」
（テオ・アンゲロプロス監督『永遠と一日』より／池澤夏樹字幕）

明日というのは、永遠にやってこない。来た、と思ったら今日に変わっている。けれど、いつか訪れる明日は、やっぱり昨日や今日と同じ、一日ぶんの時の長さを持っているだろう。だから、明日の時の長さというのは、永遠と、そして一日。

明日なんて今日と変わらない一日、ではなくて、明日の時の長さは永遠と一日なんだ、と思うと、ふと、いま過ごしている今日までもが、豊かな時をたたえているように感じられる。

手六十《てろくじゅう》

手習いは六十歳まで上達する見込みがある、という言葉。六十の手習い、というのもある。新しく勉強をはじめるのに、六十歳で遅いことはない。七十の手習い、八十の手習い、ともいう。

人生いくつになっても、可能性はいっぱい。

たしかにそうだ、と周りの人を見て思う。六十は若い。七十は働き盛り。八十は元気。九十はかっこいい。百歳なんて、すごい、人気者！ いままでの自分を壊すことをおそれない人、何度失敗しても気にしない人、どんどんやりたいことをやり続ける人。そんな大人は、いくつになっても新しいことを考えているし、生き生きしている。

百歳は花を百回みたさうな　宇多喜代子

常しえ　とこしえ

ずっと変わらない、永久かつ不変であることを、常といった。「とこしえ（とこしへ）」も同じ意味。「とこ」は「常に」を表し、「し」は「とこ」に付く形容語尾、「へ」は「方向」を表すのだそう。常に変わらない方、気が遠くなるほど長い長い時間の彼方、とそんなイメージが「とこしへ」に込められる。常永久《とことわ》ともいう。

えーえんとくちからえーえんとくちから永遠解く力を下さい　笹井宏之

「えーえん」と、くちから漏れる、こどもの泣き声かと思って読むと、「えーえんとくちから」と呪文のように唱えられ、何かと思ったら「永遠解く力」を願う歌だった。

永遠を解くというのは、何だろう。永遠とは謎のようなもので、謎を解き、真理に到達することだろうか。はたまた永遠とは呪縛に等しい、という立場なら、呪縛から解放されたい、ということかもしれない。そんなことができるのか。無理ならやっぱり泣くしかない。切ない。

虚心坦懐　きょしんたんかい

なんのとらわれもなく、平かな心。もしくは、そのような平静の心で、ものごとに臨むことを虚心坦懐という。

もし人が何にもとらわれず自由な心でいられるとしたら、

それは身を、心を明けわたすことによってではないだろうか。明けわたせば、心は空《くう》で、空は無限で、無限の心で人は自由になれるから。

白萩の枝をながれて咲きそめし　　阿波野青畝

目の前の光景をただ写しとる写生句というものがある。ただ写しとるだけなのにむずかしい。自分を空にしないと、いい写生句は生まれない。だから好きな写生句を読むと、なんてこの人は空なんだろう、自由すぎるんだろう、とうれしくなる。
なににもとらわれない、開け放たれた心ほど、胸の空《す》くものはない。

有涯《うがい》

無常は春の花　風に随《したが》って散りやすく
有涯は秋の月　雲に伴つて隠れやすし

(『平家物語　灌頂巻《かんじょうのまき》　大原入《おおはらいり》』より)

(無常は春の花のよう。風にしたがって散りやすく。有涯はまるで秋の月。雲に伴って隠れやすく)

かぎりがある人の一生のことを、有涯という。人には、たしかに寿命があり、老いがあり、死があり、別れがある。それなのに、有涯という言葉を目にすると、なんだか心が鼓舞される気がする。なぜだろう？　あなたの人生はたしかに有る、と言われているように感じるからかもしれない。かぎりがある、という以上に、一生を生き抜いた人の生涯というものが、一人一人に厳然と有ると、この言葉に告げられているかのよう。

有涯には、かぎりある存在、果てのあるもの、この世、変化して定まりのない世の中、といった意味もある。

あけがたにくる人よ
てててっぽっぽうの声のする方から
私の所へしずかにしずかにくる人よ

（永瀬清子「あけがたにくる人よ」より）

昔のことを思い出すことが、幸せとはかぎらない。もう戻れないのだから。けっしてやり直せはしないのだから。と、そんな思いをかきたてられる詩が「あけがたにくる人よ」という呼びかけからはじまる。

その時あなたが来てくれればよかったのに
その時あなたは来てくれなかった

どんなに待っているか
道べりの柳の木に云えばよかったのか
吹く風の小さな渦に頼めばよかったのか

（同）

なぜ来てくれなかったのかと、問うほうも、問われるほうも、わかっているのかもしれない。むしろ問われるほうこそ、わかりすぎているのかもしれない。行けるものなら行っていた。待っている、と柳の木は知らせてきたし、風の渦はうるさく騒いだ。それでもどうしても行くことができなかった。

もう過ぎてしまった
いま来てもつぐなえぬ
一生は過ぎてしまったのに
あけがたにくる人よ
ててっぽっぽうの声のする方から
私の方へしずかにしずかにくる人よ
足音もなくて何しにくる人よ

涙流させにだけくる人よ

（同）

たしかにそうだ。いま来ても、涙を流させるだけだと、それもよくわかっている。でも、来てしまう。いまだけが、来ることのできる時だったから。それではいけないのだろうか。もう来ないほうがよかったのだろうか。

あけがたにくる「人」とは誰なのか。この詩の解釈としては、かつての恋人の来訪とも、詩の着想のメタファーともいわれるが、読者の好きなようにどのように読んだとしても、胸にしみ入るもののある詩だと思う。

来るのがもう遅かっただろうか。いまさら何をしに来たのかと悲しませるだけだろうか。そうでもいい。なぜかは知れない。会いに来たのだと、恋人なのか、詩なのか、あるいは人生の影なのか、わからない者はやってくる。

一生は過ぎてしまった、というけれど、こうして向かい合えるひとときがあれば、十分とはいえないにせよ一緒にいられる。もしその「人」が、詩の着想であるのなら、こうしてこんなに素晴らしい詩となって詩人の足跡に花を咲かせている。

有涯とは、かぎりある人の一生だというが、かぎりある中で尊く輝く瞬間は訪れる。

おわりに

いい言葉と出会うと、うれしくなる。
いい詩を読んだら、だれかに教えたくなる。

当たり前かもしれないけれど、人間の心というのは言葉でできていると、ぼくは思っている。豊かな言葉が心に根づくほど、心も豊かになるはずだと信じている。

逆に、もしも言葉の意味が揺らいだり、ないがしろにされたり、心の全然こもっていないうそやごまかしが世の中に氾濫したりしたら、言葉の内実は致命的に損なわれてしまうだろう。そうなったときには、人間の心も無傷では済まないんじゃないか。

しっかりと信じられる言葉が、人と人との間を行き交ってほしい。そしてひとりひとりの心が豊かに生き生きとする世の中であってほしい。

では、もしそう願うのなら、いったいぼくに何ができて、何をしたらいいのだろう？

いい言葉やいい作品と出会って、それについて書いて、願わくは誰かの心に手渡せたら、とそう思った。

微力ながら、言葉と心が健やかであるための一助になればと、この本を差し出したい気持ちでいます。

また、この場をお借りして、詩の掲載を快く許諾していただいた方々に厚くお礼を申し上げます。ここで引用している数々の素晴らしい作品と出会えたことは、この本を作りたいという動機そのものであり、執筆のさなかに幾度となく励みをいただきました。

心から感謝申し上げます。

担当編集の碇高明さん、品川亮さん、イラストを描いてくださった伊藤絵里子さん、装丁を手がけてくださった辻祥江さん、校閲の伊藤さん、本作りに協力してくださった入井苑子さん、加藤千香士さん、川奈さん、藤井一乃さん、一緒に本を作ることができて幸せに感じております。皆様のおかげで、心おきなく言葉や詩歌、文学について書くことができました。深く深く感謝と喜びを込めて。

二〇一八年四月　　白井明大

個人的な詩歌との出会いブックガイド

詩集をぱらぱらとめくっていて、ある一篇の詩に目がとまったとたん、心がハッとすることがあるように、詩との出会いは偶然に満ちている。これがおすすめというような一般的な入門書を挙げるよりも、あくまで一つの例としてぼく自身がどんなふうに詩を読んできたかを辿り返すほうが、詩歌のブックガイドとして合っているような気がする。

これも詩のふしぎなところで、ふりかえってみればなにか見えないものに手を引かれるように、そのときそのときの自分の気分にぴったりな詩歌とはちゃんと出会ってくることができたと思える。そんな幸福な偶然の見えない糸が、あなたと詩歌の間にもちゃんとつながっているはず。きっと。

詩を楽しく散歩する道案内役

・谷川俊太郎『ことばあそびうた』(福音館書店)

幼い日、寝床で読み聞かせをしてくれる父の声が、しぜんと弾んだのがこの本だった。読んでも聞いても楽しい。親子でおもしろがりながら、日本語のリズムの醍醐味を味わった。ことばとなかよくなる最初のきっかけの絵本だったかもしれない。

・宮沢賢治『銀河鉄道の夜』（新潮文庫）
中学時代、通学のさなかに毎日くりかえし読みふけった。宇宙や生命、生きること、ほんとうのさいわい、友情と約束、光や風や鉱物、夢や幻想……。物語を読みすすめるうちに、永遠の問いのまっただなかに吸い込まれていった。花巻の賢治記念館へ友だちと旅行したのは中学三年生のときだった。

・中原中也『中原中也全詩歌集』（上・下）（講談社文芸文庫）
二十代の初め、どこへ行くにも鞄の中に、中也の詩集を突っ込んでいた。いつしか詩のフレーズが口をついて出るくらい覚えていた。詩とは何かを、この二冊の文庫から浴びるように肌で感じた。不器用なむきだしの魂が一生をつっぱしっていく言葉の軌跡。

・貞久秀紀『空気集め』（思潮社）
あまりにも素敵なタイトルに惹き込まれた、ぼくにとっての運命の本。まさか自分が詩人になるだなんて思ってもみなかったけれど、ふとしたことから詩を書きはじめたとき、心にこの詩集があるのに気づいた。やわらかな言葉の迷路に迷い込むと、歩いても歩いても、いつのまにかスタート地点に戻っている、なぞなぞみたいな詩がずらり。『現代詩文庫　貞久秀紀詩集』（思潮社）に全篇収録。

・佐藤正子『佐藤正子詩集』（土曜美術社出版販売）
『詩学』という詩の月刊誌があった。毎月開かれていた『詩学』のワークショップに参加したとき、佐藤正子さんが講師でいらした。明晰な目と声を持ち、詩を愛する心をたたえた詩人。どれほどの詩への愛情を受けとっただろう。詩集を開くと、いまもここに。

・高良勉編『山之口貘詩集』（岩波文庫）
詩を書くようになってしばらく経ったころ、貘さんの詩が飛び込んできた。人間が人間であること、生き方がそのまま詩であること、その大切さを貘さんは一身に引き受けて詩を書く。百年後にも二百年後にも、山之口貘の詩はきっと読み継がれるだろう。『永遠の詩（3）山之口貘』（小学館）も素敵。

・正岡子規『歌よみに与ふる書』（岩波文庫）
貞久秀紀の詩に導かれるように、写生句ってなんだろう？と関心を持った。そして子規の本を手にとった。詩歌においてもっとも大事なものは何か、たくさんのものを子規から教わっている。真摯に問う歌論は、同時に文学論でもある。子規からさらに『万葉集』へ、橘曙覧の歌へ。『子規句集』、『万葉集』、『橘曙覧全歌集』（ともに岩波文庫）と読み継いでいった。

名作がぎゅっと詰まった詩歌のアンソロジー

・茨木のり子『詩のこころを読む』（岩波ジュニア新書）

「どこの国でも詩は、その国のことばの花々です。」という茨木のり子の名言が、この本の素晴らしさを表している。とっておきの名作がひしめき、詩のこころを味わえる話がとうとうと語られる。詩を愛する心が、どっと流れ込んでくる。本人の詩は収められていない。『茨木のり子全詩集』（花神社）をじっくりゆっくり読んでいる。

・辻征夫『私の現代詩入門――むずかしくない詩の話（詩の森文庫（104））』（思潮社）

現代詩の名手は、詩が大好きで大好きでたまらない最良の読み手でもある。啄木、朔太郎、中也から谷川俊太郎まで、静かな夜に聞く物語のような詩の話が詰まった一冊。含蓄深い言葉が随所に挿しはさまれ、詩を書くことに悩んだとき、何度励まされたことか（いまでも）。

・俵万智『短歌をよむ』（岩波新書）

短歌のことを少しは知っておかなくちゃ、と初心者の勉強的な気持ちで読んでみたら、すんなりと入っていけた。この本を読むと、本の向こうにいる歌人の姿がきわだって見えてくる。どんな人が、どんな歌を詠んだのか。歌とは、人の生きる姿と、どれほど重なりあうものなのか。やさしい伴奏者のように、短歌の世界をまさに道案内してくれた。

・山田航編著『桜前線開架宣言　Born after 1970　現代短歌日本代表』（左右社）

この本を編んだ山田航自身が、どれほど短歌を必要とし、どんなに短歌を思っているか、その短歌愛が時にわくわくと、時にひしひしと伝わってくる。だからどの歌人の、どの歌も、読んでいてまっすぐに響いてくる。一九七〇年生まれ以降の世代の短歌アンソロジー。青春の書でもあると思う。

・佐藤文香編著『天の川銀河発電所　Born after 1968　現代俳句ガイドブック』（左右社）

心に残る一句が見つかる。好きだな、と思える俳人の名を覚える。ページを繰るたび、この句も、この句も、と惹かれていく。いっぺんにではなく、少しずつ親しめる。そういうところが好き。一九六八年生まれ以降の世代の素晴らしい俳句がぎっしり詰まったアンソロジー。

・飯田龍太・稲畑汀子・金子兜太・沢木欣一監修『カラー版　新日本大歳時記　愛蔵版』（講談社）

四季の移ろいにあわせてぱらぱらとめくってみるだけで、知らなかった言葉が顔を出す。いくつもの例句が並んでいて、どの句が好きかなと眺めているうちに、いつしか季節の言葉（季語）と親しくなっている。まるで四季折々のアルバムのよう。歳時記というのは国語辞典と同じかもしれない。知らない言葉を知りたくて辞書を引くように、季節のことをもっとよく知りたいときに頼りになるのが歳時記だと思う。自分の好みに合うものを、ぜひ一冊本棚に。

古きをたずねる本

・宮本常一『宮本常一講演選集1 民衆の生活文化』（農山漁村文化協会）

衣服のこと、稲藁のこと、紙のこと、食のこと……。何を大事にして、人がこの島国で生きてきたのか。いまなぜ自分がこんなふうに暮らしているのか。日々の営みの奥に、こんなにもいろんな意味や歴史や文化が詰まっていたのかと何度も驚かされる。『忘れられた日本人』（岩波文庫）などなど、宮本常一の著作はどれもぐいぐい心に来る。

・白川静『新訂　字訓』、『新訂　字統』（ともに平凡社）

言葉の、漢字の、来歴を知ると胸に落ちるものがある。言葉と文字で糾《あざな》われた縄で、古代といまがつながっていることをつくづく知らされる。これってもともとどんな由来のある言葉なんだろう？　と自分が物を書く上で足場を確かめたくなったとき、必ず応えてくれる頼もしい圧巻の書。

（番外）詩作のすすめ

・ノートとえんぴつ　など

最後はブックガイドではないのだけれど、詩の道案内といったら……、やっぱり自分で書いてみるのがなにより。スマホでもチラシの裏でもなんでもいい。通学・通勤電車の中で、ふっと思い浮かんだ言葉をメモしてみる、とかも◎。

心って、あるときどこからともなく思いが浮かんでくるものだから。誰のためでもなく、うまいもへたも関係なく、ただ書きたくなった言葉を書きつけたとき、そこにはちゃんと生きた言葉が生まれている。あるいは、そんな急には浮かばないけど、面白そうだから試しに書いてみたら意外と書けた、ということだってある。

あくまではじめの一歩は、気が向いたとき。そうだ、なにか書いてみようかな、という気持ちになったとき、詩の卵はきっと胸のうちで温められていると思う。

ぼく自身、ある晩ふとパソコンに向かって書いた詩が、やがて第一詩集の表題作になった。それはこんな書き出しだった。

やさしい言葉が心を縫う

索引

作品

あ

か

人名

た

な

は

言葉

ひ

ふ

へ

ほ

ま

〔註〕

一　詩歌の引用について、一部原典にはないふりがなをふったもの、現代仮名遣いにしたものがある。また、特記したものを除き、詩歌などの訳出は著者による。

二　本書の七十二候は、江戸時代の宝暦暦・寛政暦の漢字表記を基にしつつ、現代語として意味の通りやすいかな表記を付した。旧暦については、二〇一八年の日付をおよその目安とする。

三　第四章の「三行半」でふれた日本国憲法第24条の条文を付しておく。家庭生活における個人の尊厳と両性の本質的平等を定めており、女性が自分の生きる道を自由に選びとるために一言一句すべて大切な条文。

日本国憲法　第二十四条　婚姻は、両性の合意のみに基いて成立し、夫婦が同等の権利を有することを基本として、相互の協力により、維持されなければならない。

2　配偶者の選択、財産権、相続、住居の選定、離婚並びに婚姻及び家族に関するその他の事項に関しては、法律は、個人の尊厳と両性の本質的平等に立脚して、制定されなければならない。

主な参考文献

〔語源・民俗など〕

白川静『新訂　字訓』（平凡社）
〃　『新訂　字統』（　〃　）
前田富祺監修『日本語源大辞典』（小学館）
堀井令以知『ことばの由来』（岩波新書）
小学館辞典編集部編『美しい日本語の辞典』（小学館）
中村喜春『いきな言葉　野暮な言葉』（草思社）
日本博学倶楽部『「漢字」なるほど雑学事典』（ＰＨＰ研究所）
高橋順子（文）、佐藤秀明（写真）『月の名前』（デコ）
宮本常一『宮本常一講演選集１　民衆の生活文化』（農山漁村文化協会）
柳田國男監修、民俗学研究所編『民俗学辞典』（東京堂出版）
柳田國男『柳田國男全集』（筑摩書房）
折口信夫『折口信夫全集』（中央公論社）
宗懍、守屋美都雄訳注『東洋文庫　３２４荊楚歳時記』（平凡社）
岡田芳朗『旧暦読本　現代に生きる「こよみ」の知恵』（創元社）
鹿島茂『フランス歳時記―生活風景12か月』（中公新書）
白井明大（文）、有賀一広（絵）『日本の七十二候を楽しむ　―旧暦のある暮らし―』（東邦出版）
〃　『暮らしのならわし十二か月』（飛鳥新社）
白井明大（文）、沙羅（絵）『季節を知らせる花』（山川出版社）

〔詩〕

井川博年『井川博年詩集』（思潮社）
石垣りん『表札など』（童話屋）
茨木のり子『茨木のり子全詩集』（花神社）
入沢康夫『遐い宴楽』（書肆山田）
岩田宏『岩田宏詩集成』（書肆山田）
小川三郎『象とY字路』（思潮社）
金子光晴『若葉のうた』（勁草書房）
川崎洋『現代詩文庫　続・川崎洋』（思潮社）
久谷雉『昼も夜も』（ミッドナイト・プレス）
構造『国道四号線のブルース』（一〇〇〇番出版）
貞久秀紀『明示と暗示』（思潮社）
佐藤正子『佐藤正子詩集』（土曜美術社出版販売）
高木敏次『傍らの男』（思潮社）
高階杞一『キリンの洗濯』（あざみ書房）
高橋正英『クレピト』（ふらんす堂）
竹内敏喜『SCRIPT』（水仁舎）
竹久夢二『どんたく（愛蔵版詩集シリーズ）』（日本図書センター）
〃　『竹久夢二文学館　２』（日本図書センター）
谷川俊太郎『二十億光年の孤独』（東京創元社）
〃　『夜中に台所でぼくはきみに話しかけたかった』（青土社）
廿楽順治『ハンバーグ研究』（改行屋書店）
寺山修司『寺山修司詩集』（ハルキ文庫）
長嶋南子『猫笑う』（思潮社）
永瀬清子『あけがたにくる人よ』（思潮社）
中原中也『中原中也全詩歌集』（上・下）（講談社文芸文庫）
久宗睦子『久宗睦子詩集』（土曜美術社出版販売）
藤井貞和『美しい小弓を持って』（思潮社）

松下育男『きみがわらっている』（ミッドナイト・プレス）
まど・みちお『うふふ詩集』（理論社）
伊藤英治編『まど・みちお全詩集』（理論社）
室生犀星『室生犀星全詩集　普及版』（筑摩書房）
『日本の詩歌15　室生犀星』（中央公論社）
福永武彦編『室生犀星詩集』（新潮文庫）
山之口貘『新編 山之口貘全集 第一巻 詩篇』（思潮社）
高良勉編『山之口貘詩集』（岩波文庫）
因子『カヴァー』（私家版）
茨木のり子『詩のこころを読む』（岩波ジュニア新書）
高橋順子編著『日本の現代詩１０１』（新書館）

〔俳句〕

阿部喜三男校注、補訂堀信夫『校本　芭蕉全集　第一巻　発句篇』（上）（富士見書房）
荻野清・大谷篤蔵校注『校本　芭蕉全集　第二巻　発句篇』（下）（富士見書房）
萩原恭男校注『おくのほそ道』（岩波文庫）
尾形仂・森田蘭校注『蕪村全集第一巻発句』（講談社）
小林計一郎・丸山一彦・宮脇昌三・矢羽勝幸校注『一茶全集／第一巻　発句』（信濃毎日新聞社）
安藤英方編『近世俳句大索引』（明治書院）
正岡子規『子規全集　第三巻』（改造社）
正岡忠三郎編集代表『子規全集』（講談社）
高浜虚子編『子規句集』（岩波文庫）
尾崎放哉『放哉全集第一巻　句集』（筑摩書房）
飯田蛇笏生誕百年記念実行委員会編『新編 飯田蛇笏全句集』（角川書店）
飯田龍太監修『飯田蛇笏集成第一巻俳句Ｉ』（角川書店）
金原まさ子『カルナヴァル』（草思社）
金子兜太『金子兜太集　第一巻』（筑摩書房）
飯田龍太『季題別 飯田龍太全句集』（角川学芸出版）
田島健一『ただならぬぽ』（ふらんす堂）
宮本佳世乃『鳥飛ぶ仕組み』（現代俳句協会）
飯田龍太・稲畑汀子・金子兜太・沢木欣一監修『カラー版　新日本大歳時記　愛蔵版』（講談社）
深見けん二『虚子編『新歳時記』季題一〇〇話』（飯塚書店）
復本一郎監修『俳句の魚菜図鑑』（柏書房）
筑紫磐井・対馬康子・高山れおな編『セレクション俳人　プラス　新撰21』（邑書林）
佐藤文香編著『天の川銀河発電所　Born after 1968　現代俳句ガイドブック』（左右社）

〔短歌〕

井手至・毛利正守校注『新校注　萬葉集』（和泉書院）
佐佐木信綱編『新訂　新訓　万葉集』（上・下）（岩波文庫）
中西進『万葉集　全訳注原文付』（一～四）（講談社文庫）
斎藤茂吉『万葉秀歌』（上・下）（岩波新書）
小町谷照彦訳注『古今和歌集』（ちくま学芸文庫）
宮内庁書陵部編『図書寮叢刊 古今和歌六帖』（上・下）（養徳社）
石田吉定『新古今和歌集全註解』（有精堂出版）
井上宗雄『百人一首――王朝和歌から中世和歌へ　古典ルネッサンス』（笠間書院）
田中喜美春・田中恭子『貫之集全釈　私家集全釈叢書20』（風間書房）
佐伯梅友・村上治・小松登美『和泉式部集全釈　続集篇』（笠間書院）

清水文雄校注『和泉式部集・和泉式部続集』（岩波文庫）
伊藤嘉夫校註『山家集』（第一書房）
水島直文・橋本政宣編注『橘曙覧全歌集』（岩波文庫）
岡本信弘編『橘曙覧　独楽吟』（グラフ社）
飯田有子『林檎貫通式』（コンテンツワークス）
小川真理子『母音梯形（トゥラペーズ）』（河出書房新社）
俵万智『オレがマリオ』（文藝春秋）
前田康子『窓の匂い』（青磁社）
松下竜一『豆腐屋の四季　ある青春の記録』（講談社文芸文庫）
雪舟えま『たんぽるぽる』（短歌研究社）
山田航編著『桜前線開架宣言　Born after 1970　現代短歌日本代表』（左右社）

〔詩誌など〕
『オルガン』11号 2017 fall
『現代詩手帖』２０１７年10月号（思潮社）
『文藝別冊　茨木のり子』（河出書房新社）

〔随筆・評論など〕
池田亀鑑・岸上愼二・秋山虔校注『日本古典文学大系 19 枕草子 紫式部日記』（岩波書店）
松尾聰、永井和子校注『新編日本古典文学全集 18 枕草子』（小学館）
三木紀人訳注『徒然草』（一）（三）（講談社学術文庫）
正岡子規『歌よみに与ふる書』（岩波文庫）
中原中也『汚れっちまった悲しみに——私の人生観』（大和出版）
萩原朔太郎『萩原朔太郎全集第五巻　詩人論・断章（他）』（新潮社）
松下竜一『いのちき　してます』（三一書房）
丸山豊『月白の道』（創言社）

〔漢詩・漢文〕
松枝茂夫・和田武司訳注『陶淵明全集』（下）（ワイド版　岩波文庫）
松浦友久編訳『李白詩選』（ワイド版　岩波文庫）
川合康三訳注『白楽天詩選』（上）（岩波文庫）
前野直彬注解『唐詩選』（中）（岩波文庫）
井伏鱒二『井伏鱒二全詩集』（岩波文庫）
内野熊一郎『新釈漢文体系 第4巻 孟子』（明治書院）
水沢利忠『新釈漢文体系 第89巻 史記九（列伝二）』（明治書院）
辛島驍・多久弘一『十八史略詳解 新装版』（下）（明治書院）
末木文美士編『現代語訳 碧巌録』（上）（岩波書店）

〔小説・物語など〕
阿部俊子訳注『伊勢物語』（上）（講談社学術文庫）
阿部秋生・秋山虔・今井源衛・鈴木日出男校注『新編日本古典文学全集 源氏物語』①・④（小学館）
梅野きみ子・乾澄子・嘉藤久美子・田尻紀子・宮田光・山崎和子『源氏物語注釈 八』（風間書房）
紫式部、与謝野晶子訳『全訳源氏物語』（上・中・下）（角川文庫クラシックス）
馬渕和夫・国東文麿・稲垣泰一校注『新編日本古典文学全集 今昔物語集』②（小学館）
市古貞次校注『新編日本古典文学全集 平家物語』②（小学館）
カート・ヴォネガット・ジュニア『スローターハウス５』（伊藤典夫訳、ハ

ヤカワ文庫）
カズオ・イシグロ『日の名残り』（土屋政雄訳、早川書房）
太宰治『走れメロス』（新潮文庫）
樋口一葉ほか『現代日本文學体系 5 樋口一葉・明治女流文學・泉鏡花集』（筑摩書房）
ミヒャエル・エンデ『モモ』（大島かおり訳、岩波書店）
宮沢賢治『【新】校本 宮澤賢治全集 第十一巻 童話Ⅳ』（筑摩書房）
堀尾青史編者代表『日本児童文学大系 第一八巻 宮沢賢治集』（ほるぷ出版）
宮沢賢治『新編　銀河鉄道の夜』（新潮文庫）
〃　『注文の多い料理店』（新潮文庫）
村上春樹『ねじまき鳥クロニクル　第3部 鳥刺し男編』（新潮社）
モンゴメリ『ポプラポケット文庫　赤毛のアン』（村岡花子訳、ポプラ社）
ル＝グウィン『ヴォイス　西のはての年代記Ⅱ』（谷垣暁美訳、河出書房新社）

〔マンガ〕

カシワイ『107号室通信』（リイド社）
こうの史代『この世界の片隅に』（上）（双葉社）
松本大洋『ピンポン』（5）（小学館）
ゆうきまさみ『機動警察パトレイバー』（3）（小学館）

〔映画〕

テオ・アンゲロプロス監督『永遠と一日』
『テオ・アンゲロプロスシナリオ全集』（池澤夏樹字幕、愛育社）
テリー・ギリアム監督『フィッシャー・キング』
マイケル・カーティス監督『カサブランカ』
宮崎駿監督『となりのトトロ』
宮崎駿監督『ルパン三世　カリオストロの城』

〔音楽〕

アン・サリー『森の診療所　...featuring Ann Sally』（SONG X JAZZ）
嘉手苅林昌『琉球情歌行』（ビクターエンタテインメント）
中島みゆき『中島みゆき PRESENTS BEST SELECTION 16』（ポニーキャニオン）
MONGOL800『Message』（TISSUE FREAK RECORDS）

〔自筆原稿〕

山之口貘「桃の花［山之口貘自筆原稿］」（写し）

〔論考など〕

「あさぼらけ　ありあけの月と見るまでに」を考える」（『よしさらば後の世とだにたのめをけ』2013.12.29 https://blog.goo.ne.jp/yoshisaraba）
西原天気「【八田木枯の一句】白地着て雲に紛ふも夜さりかな」（『週刊俳句』2014.7.27 http://weekly-haiku.blogspot.jp/）
山本和義、蔡毅、中裕史、中純子、原田直枝、西岡淳（南山読蘇会）「蘇軾詩注解（十九）」

〔統計資料〕

NHK放送文化研究所　平成15年度（後半）「ことばのゆれ」全国調査から（1）「放送研究と調査」2004年3月

〔webサイト〕
青空文庫　http://www.aozora.gr.jp/
NPO法人いのちきサポート　http://inotiki.main.jp/
沖縄県立図書館貴重資料デジタル書庫　http://archive.library.pref.okinawa.jp/
歌人vs放送作家の異色の対談「イキるコトバ」　https://www.facebook.com/ikirukotoba/
きごさい歳時記　http://kigosai.sub.jp/
気象庁1日の時間細分図　http://www.jma.go.jp/jma/kishou/know/yougo_hp/saibun.html
今日のほしぞら　http://eco.mtk.nao.ac.jp/cgi-bin/koyomi/skymap.cgi
現代俳句協会　https://www.gendaihaiku.gr.jp/
国際日本文化研究センター　http://www.nichibun.ac.jp/ja/
国文学研究資料館　https://www.nijl.ac.jp/
語源由来辞典　http://gogen-allguide.com/
古典選集本文データベース　http://base1.nijl.ac.jp/~selectionfulltext/
こよみのページ　http://koyomi8.com/
佐川ちか詩集　https://sagawachika.jimdo.com/
詩学の友　http://shigaku.org/
ジャパノート　http://idea1616.com/
週刊俳句　http://weekly-haiku.blogspot.jp/
清水哲男『新・増殖する俳句歳時記』　http://www.longtail.co.jp/~fmmitaka/
スピカ　http://spica819.main.jp/
千人万首　http://www.asahi-net.or.jp/~sg2h-ymst/yamatouta/sennin.html
たのしい万葉集　www6.airnet.ne.jp/manyo/main/
日本ペンクラブ電子文藝館　http://bungeikan.jp/domestic/
俳誌のサロン　http://www.haisi.com/
BL短歌bot　https://twitter.com/bltanka_bot
ポーラ文化研究所　新・日本のやさしい化粧文化史　http://www.po-holdings.co.jp/csr/culture/bunken/index.html
松本深志高校落研OB会　home.a05.itscom.net/hotaru/
みんなの短歌投稿サイト　うたよみん　https://www.utayom.in/
孟子を読む　http://sorai.s502.xrea.com/website/mencius/mencius.html
やたがらすナビ　http://yatanavi.org/
山形大学理学部物理学科　宇宙物理学研究グループ　http://ksirius.kj.yamagata-u.ac.jp/
レファレンス協同データベース　http://crd.ndl.go.jp/reference/
维基文库　https://zh.wikisource.org/
wikipedia　https://ja.wikipedia.org/

［86－87ページ掲載］
悪女
作詞 中島みゆき　作曲 中島みゆき
©1981 by Yamaha Music Entertainment Holdings, Inc.
All Rights Reserved. International Copyright Secured.
(株)ヤマハミュージックエンタテインメントホールディングス
出版許諾番号18148P

JASRAC　出1804040065－01

著者略歴――――
白井明大 しらい・あけひろ
詩人。1970年東京生まれ。詩集に『心を縫う』（詩学社）、『くさまくら』（花神社）、『歌』（思潮社）、『島ぬ恋』（私家版）、『生きようと生きるほうへ』（思潮社、丸山豊記念現代詩賞）。2012年に刊行した『日本の七十二候を楽しむ　―旧暦のある暮らし―』（東邦出版）が旧暦への静かなブームを呼び起こす。そのほか『季節を知らせる花』（山川出版社）、『暮らしのならわし十二か月』、『七十二候の見つけかた』（ともに飛鳥新社）、『島の風は、季節の名前。旧暦と暮らす沖縄』（講談社）など、季節や旧暦に関する著書多数。http://www.mumeisyousetu.com/

一日の言葉、一生の言葉
旧暦でめぐる美しい日本語

2018©Akehiro Shirai

2018年5月22日　第1刷発行

著　者　白井明大
デザイン　辻　祥江
イラスト　伊藤絵里子
発行者　藤田　博
発行所　株式会社 草思社
〒160-0022　東京都新宿区新宿1-10-1
電話　営業 03(4580)7676　編集 03(4580)7680

本文組版　有限会社 一企画
本文印刷　株式会社 三陽社
付物印刷　株式会社 暁印刷
製本所　加藤製本 株式会社

ISBN978-4-7942-2333-3 Printed in Japan　検印省略

造本には十分注意しておりますが、万一、乱丁、落丁、印刷不良などがございましたら、ご面倒ですが、小社営業部宛にお送りください。送料小社負担にてお取替えさせていただきます。

編集　品川亮